昭和のちぎれ雲

OKAMOTO Takeshi
岡本　健資

文芸社

読者の皆様へ

本書には「ルンペン」「パンパン」「気狂い」など差別的表現が使われておりますが、戦時中の貴重な記録として、社会的な背景を知っていただくために当時の表現をあえて使用しております。筆者として差別を肯定するものではございません。ご理解いただきますようお願いいたします。

目次

一、学徒出陣

〈オカモトタケシ殿——海軍予備学生（飛行専修）ニ採用ノ予定ニ付テハ、九月十日一二〇〇、土浦海軍航空隊ニ参着スベシ。追テ同隊ニ於テ身体検査ヲ行ヒ、ソノ合格者ニ海軍予備学生ヲ命ゼラル予定ナリ。海軍省〉

昭和十八年八月中旬のことであった。こんな海軍省からの採用通知が、東京・池袋の私の下宿に舞い込んだ。

全国の大学・高専繰り上げ卒業（予定）の約五千名が同じような通知をもらい、九月十日を第一陣に、土浦と三重の両海軍航空隊に続々と入隊したのである。

私たち早稲田大の入隊学生約二百名も、その十日朝、東京・上野公園の西郷隆盛銅像前での出陣壮行会に臨んだ。

「学徒海鷲」という四文字が新聞やニュース映画などに盛んに出始めた頃で、その朝の壮行会にも「日本ニュース」の映画カメラマンや各社の新聞記者たちも大勢集まっていた。

その時の模様を「朝日新聞」は、このように報じている。

〈西郷どんも聞いた敵必滅の誓い！――　早稲田大学から羽搏く学鷲たちの晴れの門出を祝福する壮行会が、上野公園の一角で催された。『命もいらず名もいらず、官位も金も望まざる者にあらざれば、艱難を共にして大業を計るべからず』と喝破した西郷どんの見ているところ。送る学生と送られる学生は、午前八時、ぴったりと向かい合った。

送られる学生の胸に輝く学鷲記念章は、牛込高女生らの優しい奉仕になるもので、そのリボンには、『君がため雄々しく巣立つ学鷲の　武運久しと祈る乙女ら』の筆文字。内藤理工学部教授は「血気の勇にはやるな。体を粗末にするな。大目的のために、くれぐれも健康に注意せよ」とさとすような餞の言葉。在校生代表が「仇敵必滅を期し、われら先輩諸兄に続く」と誓えば、これに応えた学鷲代表が「誰か米英を粉砕すべき。だからわれわれが征く！」と決意を叫ぶ。やがて円陣が組まれ、学帽を振りながら、校歌『都の西北』の感激の大合唱。大西郷の銅像前から上野駅入口まで角帽のトンネルがつくられ、どよもす人垣の歓呼と感動の中を、早大学鷲部隊は○○（註・土浦）へ向かった。〉（東京・朝日新聞）

この期の海軍予備学生は、全国の大学・旧高専を九月に繰り上げ卒業の連中で、自らが志願し、その一割程度が採用になった言わば幸運を射止めた学生たちだったから、家族や周囲の思惑や心配をよそに、本人たちは祖国の急に赴く気概だけが先走っているそんな連中ばかりだった。

繰り上げ卒業と共に、既に就職が決定し、そのまま休職してきた者も数多くいた。

実は、私もある大手のアルミニウムの会社の入社試験では内定していたが、面接の時、その専務から「兵役はどうなっているのか」と訊かれたから、「海軍予備学生で九月中旬、入隊することになっています」と答えた。すると、隣の頭の薄い重役らしいのが、「君、飛行機は戦死の確率が高いから、今からでも技術士官に変更したらどうか」というので、「私は遊びに行くのではありません。祖国のために戦いに行くのです」と、すこしムッとして答えたら、採用取り消しになった苦い経験があった。

列車の座席にも、クラスの連中が二十人近くいたが、私と同じような理由で採用を取り消されたのが何人もいた。

この列車にも、腕章を捲いた新聞記者たちが、何人も割り込んでいた。〈学鷲入隊の特別取材〉を海軍が許可したらしく、私たちの座席近くにも早稲田の先輩記者がいたが、「やがて吾々にも召集令状がきそうだが、少尉任官は君たちのほうが早いなァ」と言って、私たちを好い気分にさせてくれた。

この記者からも新聞を送ってもらったが、こんな記事を載せていた。

〈学徒海鷲、今日晴れの入隊！――爆音に迎えられ、海軍予備学生（飛行科）の合格者を迎える○○航空隊の隊門は、いつにもまして晴れやかに開かれていた。衛兵伍長以下水兵さんたちに迎えられ、学鷲たちは続々と感激の隊門をくぐった。

分隊長の力強い訓辞『おまえたちは、入隊してから士官候補生としての教育を受け、小隊長として戦場へ向かうのであるから、本日から立派な行動をとってもらいたい』。更にここでは、歴戦で鍛えあげた先輩の予備士官たちが指導に当たっている。安原大尉（明大出身）、河野大尉（拓大出身）、西田中尉（関学出身）、吉川中尉（同志社大出身）など、学窓から立派に海鷲に成長した先輩たちが、純白の士官服で逞しく指導に当たっている。いよいよ明日から第二次適性検査がはじまるのだ。――〉（東京朝日）

このように書いてくると、海軍予備学生はさながら「時の人」の感を与えそうだが、どうして、そんな甘いものではなかった。

それらの記者やカメラマンたちが取材を終えて一斉に引き揚げた直後から、早速その正体をむきだしにしてきたのだ。

「待てッ！」という奇声が天から降ってきた。昼食時のことだった。

「よく聞け!!　貴様らは娑婆の大学や高専からやってきたどうにもならん甘ちゃん野郎だ。そのザワザワした飯の食い方はナンだ！　無断でタバコをスパスパやってる馬鹿者までいる。ここは娑婆のレストランじゃないぞ。ばか者!! 本日から海軍精神を徹底的にたたき込んでやるから、そう思え! いいか、終わり! かかれッ!!」

箸を持とうとすると、また別の白服の士官が、「待てッ!! 貴様らは娑婆で調子のいい情報ばかり聞いてきただろうが、現実はそんな生やさしいもんじゃない。いいか。今こうしているあいだにも、貴様らの先輩は、一機一機、火だるまになって突っ込んでいるんだぞ! わかったか! 終わり!! かかれ!!」

私たちは、ただ神妙にお互いの顔を見合わせるばかりだった。拡声器から「五分前!」の号令が絶えずかかっていた。

初めての夜だけは、「教員」と呼ばれる下士官が「釣り床」(海軍では、ハンモックとは呼ばない)の釣り方や畳み方を丁寧に教えてくれたが、重さも取り扱い方も娑婆のそれとは全く異なり、誰かが揺らしでもすると、併行して並んでいる釣り床が、次々に連鎖反応をおこして揺れはじめ、うっかりその上に立ち上がろうものなら、忽ち足を掬《すく》われてデッキ(床板)に転落するのがオチだった。

夜中に、ドサッという物音がした時は、たいてい何人かが落ちていた。

「海軍は住みよいとこと抜かしたヤツは誰だ! 夜中もオチオチ眠れやしねえじゃないか」と、煙草盆(休憩所に設置してある吸殻函)を囲んでいる時など、こんな愚口がよく聞かれた。

「校舎一と廻りの罰」というのがあった。「総員起こし!!」の号令で否応なしにデッキに跳び降り、自分の釣り床を畳むのだが、これが簡単でなかった。

薄いワラ布団の中に何枚かの毛布をキチンと入れ、外側の硬いキャンバスで捲き込み、太いロープで全体を五捲きだか七捲きだか、きつく等間隔に結びつけると、本来なら芯が締まって一本の材木のようになるのだが、毛布が片寄ったり、ロープの締め方が緩いと、中央を担いだ時、両端が軟体動物のように垂れ下がってしまうのだ。

そんな釣り床の学生（殆どがそれだった）は、罰直として、その垂れた自分の釣り床を担いで、長い兵舎を一周させられた。

ただのジョギングさえ息が弾むのに、酔っ払いを一人担いでるような恰好で走るのだから、まさに息が止まる思いであった。

途中で堪らずに歩きだすと、「こらッ！　そこの学生！　誰が歩けと言ったか!!」という白服士官のつれない怒号が物陰から飛んできた。

仕方なしに走り出すのだが、「人のイヤがる軍隊に、志願でやってくるバカもいる」という文句を、恨めしく思い出したりした。

何日かして、第二次の飛行適性検査が始まった。

視力、聴力、肺活量、胸のレントゲンなど「人間ドック」並みの検査のほかに、平均台の上で、片足を上げて直立をさせたり、傾斜した台上に何度の傾斜まで耐えられるか、という耐傾試験や、海軍嘱託という易者が、手相や人相、骨相までも観た。

特にこたえたのは、「横転、反転、急上昇、急降下、宙返り自在」の全回転椅子に座らされ、いきなり振り回されたことである。

初めのうちは、天と地の区別がつき、いま横転、いま反転と判断がつくうちはよかったが、足と腸が何度も頭の上を回るうちに、意識が呆やけ、脳味噌までが回転しはじめた。

挙句に、ポンと背中を押されて試験官の前に立つのだが、いや立とうとするのだが、自分の意思とは無関係に、蟹の横這いみたいに、足が独りでに地べたを斜めに走り、そこにいた隣の試験官に、モロにぶつかってしまったのだ。

俗に「目が回る」というが、黒い瞳がクルクル回転するものであることを、その時、初めて体験した。

その試験官に、いきなりぶつかったのが悪かったのか、どうかは知らないが、その適性検査の結果、「飛行不適格」となり、約三百名の「理工系卒の学生」が「飛行機整備」に転科させられたのである。

私たち早稲田の同じクラスも、十何人かが転科となり、勿論、私もその中にいた。（今から考えるのに、約三百名の転科は、初めから計画的ではなかったのか？）

こうして、無事居残った約四千数百名（土浦、三重合算）が、俗に「十三期」と呼ばれ、その一年後から四割近くが「神風特別攻撃隊」などの中軸指揮官となって、比島や沖縄などの米艦艇群に突入したり、烈しい南方や台湾沖などの空戦などで散華していったのである。

私たち「飛行整備」に転科させられた約三百名は、再び、土浦から神奈川県の〈追浜《おっぱま》航空隊〉に再入隊した。

こうして、十月五日、三重空から回ってきた転科組や、直接、追浜航空隊を志願した理工系卒の学生を加えた約一千名の「第七期・飛行整備科予備学生」が誕生したのである。

学生は、戦闘機、偵察機、攻撃機、爆撃機などの機種別に分けられ。私たち早稲田組は、全員「零《ゼロ》戦機」の担当になった。

早速、学生服から濃紺の士官服に着替え、短剣を吊った。軍帽にも桜と錨の徽章が光ったが、身分は準士官の上、少尉候補生の下というややこしい位階だった。

もっとも、隊内では事業服という白いキャンバス地の作業服で通し、気持ちもまだ学生のままだった。

また、ここでも「待てッ！」という奇声が天から降ってきた。

「貴様らは、婆婆の親どもから、蝶よ花よと育てられた（そんな覚えはないが）どうにもならんバカ息子の連中たちだ。いいか！　これからそんな甘っちょろい婆婆っ気を徹底的に追い出してやるから、歯を食いしばって付いて来い！　わかったかッ!!　終わり!!」

表現こそ違え、言ってることは、土浦と同じだった。

何しろ、海軍士官養成の兵学校や機関学校などで四年かかって学ぶことを、一年たらずで叩きこもうというのだから、その厳しさは度を超えていた。

朝六時の「総員起こし」から夜九時の「巡検ラッパ」が拡声器から流れるまで、文字通り「分刻み」の忙しさだった。

今なら「そんなに急いで何処に行く」という声も聞こえてきそうだが、ラッタル（階段）を上下するのも、格納庫や温習室（学習室）の行き帰りも、また厠《かわや》（トイレ）や洗面、入浴に行くのだって、すべて「駆け足」が要求された。

また「修正」と称して、よく殴られた。「動作が遅い」といっては殴られ、「帽子がアミダだ」といっては殴られ、「屁《へ》をひった」といっては殴られ、「顎髭を剃り残している」といっては殴られ、「夜中の厠行きに帽子を被らなかった」といっては殴られた。殴るための口実を捜しているような按配であった。

時には、本人ばかりでなく、連帯責任と称して、分隊（小隊）全員までが殴られた。

それでも、殴られる理由がはっきりしている時は、まだよいが、「イワシのような目をしやがって」と言って殴られた時は、どうにもやりきれなかった。

朝礼時、各自の服装点検に回ってきた教官から、「貴様、どこを見ているのか」と訊かれたから、「教官の顔を見ています」と答えたら、「馬鹿者！　イワシのような目をしやがって。グッと睨みつけてみろ！」と言うから、こっちも渾身の力をこめて相手を睨みつけてやったら、イワシの目は、いったいどんな目をしているのか、と真面目に考え込んだこともある。

「うらめしそうな顔をするな！」と言って殴られた。どっちみち殴られるのだ。

毎夜、二時間ばかり温習室で、その日の学習や反省をさせられた。

殆どの学生が日記をつけていた。「軍人は、如何に死と対処すべきか」「指揮官の責任はどうあるべきか」「生とは何か？」などなど。そんな倫理や哲学的思考を巡らせているうちに、日中の猛訓練の疲れも手伝って、快い催眠への誘いとなり、日記帳の思考も次第に単純化して、「本日の修正×発！　いと痛し」程度となり、なかには、「×月×日現在、修正合計××発！」と最初から克明に勘定して、密かに比較し合ったりする者もいた。

何か月かの基礎訓練期間中の私の累計は、確か二百発を超えていたように記憶する。

しかし不思議なもので、そうして一緒に殴られているうちに、運命共同体意識というのか、お互いが強い連帯感をつくりあげていったのは確かで、入隊時に意識していたスクール・カラーも年齢もなくなり、「貴様」と「俺」だけになっていったのも「事実」であった。

ただ、腹が空いて堪らなかった。三度の食事にも、アルマイトの大食器に、麦飯が山と盛られ、〈クリームシチューや肉入りのジャガイモ、天ぷらや豚カツ〉なども並んで、その点は娑婆とは比較にならなかったが、猛訓練で鍛えられている躰には、それでも不足で、上陸（外出）時、真っ先に駆けつけるところは、決まって「高級料亭」や「著名レストラン」（海軍士官は一流店にしか入れなかった）だった。

どの有名店を覗いても、短剣を吊った先着の予備学生たちが、ガツガツ食べていた。

私たちも何人かのグループで、遠く三浦半島の三崎や油壺あたりまでも足を伸ばして魚を食べ歩いたが、そこにも目の色を変えた予備学生たちがウロウロしていた。

そのうち、追浜や鎌倉、逗子あたりの薬屋で悲鳴が起きた。「わかもと」や「エビオス」などを買い求める予備学生たちの列が出来たのである。夜の寝台で、ボソボソ嚙じる連中が急増したのだ。

しかし、数には限りがあるから、またたくまに品切れとなり、「海軍予備学生の皆様、毎日ご苦労様です。残念ながら、本日は売り切れになりました。またのご上陸の日をお待ちしています」と店頭にチャッカリ宣伝する店までが出てきた。

ところが、これはもともと「健胃剤」だから、食べるほどに胃腸は調子づいた。

なんでも物には限度があるもので、逆に食べ過ぎて腹をこわし、深夜、厠《かわや》のグレート（大の意味）の前は、常に行列が出来はじめた。

なかには、待ちきれずに、二人で一緒に入り、お互いの尻を合わせて、ピーピーやるのもいたらしい。

こんな騒ぎを、鷹のような目をした教官たちが見逃すわけはなかった。

「待てッ！」と、またしても、食事時、天から奇声が降ってきた。

「そのガツガツした食べ方は、なんだッ！　貴様らのことを、娑婆のやつらは何と呼んでるのか知ってるのかッ！　追浜の豚と言って笑ってるんだぞ！　ばかもの!!　恥を知れ、恥を！　貴様らは栄えある帝国海軍の予備学生ではなかったのか！　自覚が足りん、自覚が!!」

調子づいていた胃がキリキリと痛んだ。その夜、各自のチェスト（軍装品や下着類などの収納函）が奇襲され、全員殴られたうえ、大切に保存していた健胃剤まで全て没収されてしまった。

そんな下痢や健胃剤のせいでもあるまいが、その頃からみんなの体型が不思議に軍服にピタリと合いはじめ、目が異様に光りはじめた。早い話が、日焼けして人相が悪くなってきたのだ。

こうして、五月末日付で、全員待望の「海軍少尉」に任官した。

心なしか、教官たちの口調もトーンが落ちはじめた。

「少尉任官おめでとう。これまで歯を食いしばって、よく付いてきてくれた。よく修正もしたが、お前たちが一人前の海軍士官になるための、已むを得ない処置であった。お前たちは、間もなく戦場に発つが、ここで叩き込まれた海軍精神を遺憾なく発揮せよ！　いいか。終わり!!」

つい、この前まで、「追浜の豚めが！」と叫んでいた教官の言葉とも思えぬばかりの口調であった。

やがて各自に「希望任地」が書かされた。確か、第一から第三希望まであったが、私は迷わずに、「台湾」（親や親戚たちも、当時、台北に住んでいた）と全希望欄に書きかけ、「海軍を侮辱するのか！」と叱られそうな気がしたので、第一希望「台湾」、第二希望「出来るだけ台湾」、第三希望「已むなくば外戦」と修正した。

外戦（国内以外）では「空母」や「フィリピン」「ジャワ」あたりの希望が多かった。なかには、「命ずるままに」と全希望欄に書いて、「海軍がセッカク親切に希望を訊いているのに、そんな投げやりでどうする」と言われ、頭をコツンとやられた〈少尉学生〉もいた。

事実は、教官のほうが選択のメドが立たず、困惑したからではなかったのか。

三週間ほどたって、温習室に集められ、各自の任地が言い渡された。

「岡本少尉！」と呼ばれたから、緊張して教官の前に立つと、いきなり「海軍２５６航空隊付を命ず」と宣告された。

私は何のことか分からず、「台湾ですか？」と訊きかけたら、「ナンバー部隊は、資料室で所在を確認せよ」と言われてしまった。

調べたら、「台湾」ではなく、なんと「上海《シャンハイ》」であった。つまり、上海の「零《ゼロ》戦航空隊付」になったのである。

その夜から、各自に「寄せ書き帖」が回りはじめた。それぞれに「死生一如」とか、「至誠」とか、「闘魂」とかの筆文字が、「××少尉」の各自の署名と共に、格調高く並んでいたが、下手をすれば、本人の遺書になるかもしれないその「綴り帖」の私のページには、〈太腿まで切れ上がった中国服の姑娘《クーニャン》が「ハンドバッグ片手に、月のガーデン・ブリッジを見つめている下手な筆画〉が描かれている。

その夜、祝盃をして、すこし酔っていたから、あまり記憶がないが、どう見ても「海軍士官」の寄せ書きではない。

映画の見過ぎか、ディック・ミネの『上海ブルース』の唄い過ぎか。——遂に私の「娑婆っ気」は、最後まで抜けていなかったのである。


こうして、昭和十九年七月末、私たちは、広場のポールに翻える追浜海軍航空隊の大軍艦旗に別れを告げた。

純白の夏軍装に、肩章の「桜一つ」と「短剣」が光り、白手袋の左手には、「海軍刀」と小型トランクを提げ、横須賀海軍軍楽隊が高らかに演奏する「軍艦行進曲《マーチ》」と「帽振れ」の沿道の渦の中を、純白の敬礼を繰り返しながら、各自の戦場へと急いだのである。

雲一つない、ジリジリと灼けるような暑い日であった。

寄せ書き帖に描いた姑娘の筆画

二、飛行基地燃ゆ

十ヵ月の海軍予備学生の研修を終え、成りたての「海軍少尉」の白服で、二人の仲間と「二五六空」と呼ばれる占領下の「上海零《ゼロ》戦基地」に着任したのは、昭和十九年八月の暑い日であった。

既に、サイパンの日本軍守備隊の玉砕（将兵四万人余、住民死者一万人）が報ぜられ、インドからビルマへの陸軍のインパール作戦も、七万人余の戦死傷者を出して敗退した時期での着任だった。

早速、三人の職務が決まり、同僚の一人は、飛行整備科の事務全般を司どる「整備士」に、もう一人は零戦担当の「分隊士」に、私は艦上攻撃機（九七艦攻）担当の「分隊士」を命ぜられた。

通称「雷《かみなり》部隊」と呼ばれていたこの航空隊は、零戦二十五機、艦攻十三機、ダグラス輸送機二機のほかに、青島《チンタオ》に零式水偵二機を持つ「中国地区唯一の実戦航空隊」で、主任務は「上海・蘇州地区及び香港《ホンコン》を含めた空域の防衛と、東シナ海の対潜水艦攻撃、並びに味方の船団護衛」であった。

飛行分隊は、第一分隊が搭乗員（約八十名）、第二分隊が零戦整備（約九十名）、第三分隊が私たちの艦攻整備（約八十名）で、この三個分隊が飛行隊長の指揮下にあった。

整備科の分隊長は、十数年空母乗組みの経歴を持つ古参の特務中尉で、既に四十過ぎの色の黒い男だった。

彼の下に、それぞれ二、三名ずつの分隊士がいたが、いずれも海千の軍歴を持つ「海の男」たちで、若い予備学生出身の分隊士は、私たちが最初だったから、二百名近い分隊員たちの好奇の目が、我々に向けられたのも無理はなかった。

その潮焼けした分隊長も「君たちが先任（指揮権を持つ士官）なんだから、齢《とし》食った特務士官たちが何を言おうとも、遠慮せずに分隊員たちを引っぱっていってもらいたい。今度の司令も、君たち若い三人に大いに期待している」と言った。

その航空隊司令の西田大佐が着任してきたのは、私たちより一週間ばかり前だった。

彼は背丈はあまり高くなかったが、がっちりした肩幅の広い男で、潮焼けした顔は端正だったが、眉毛が異常に長く、ギョロッと剝《む》いた目で相手を見据える様は、さながら達磨《だるま》大師を彷彿させた。

事実、誰言うとなく「ダルマ司令」という綽名《あだな》が密かに付けられていた。

その彼について、もうすこし付け加えさせていただくと、彼は海軍兵学校、海軍大学を首席で卒業し、ロンドン軍縮会議にも山本五十六元帥と共に派遣され、海大教官、軍令部課長、艦隊先任参謀、重巡利根《とね》艦長、戦艦比叡《ひえい》艦長とエリートコースを歩んできた海軍きっての逸材で、特に山本五十六元帥の信任が厚かったが、先のソロモン海戦で、戦艦比叡が米軍の雷撃機数十機の集中攻撃を受けて沈没した時、その艦と運命を共にしなかったというだけで、海軍省は彼を「予備役」にしたというのである。

山本五十六連合艦隊司令長官は、そのことに激怒して、「比叡一艦を失うより、西田一人を失う損失のほうが遥かに大きい。西田の戦力を爾後の戦力に役立たせることが、真の用兵ではないか」と喝破し、宇垣参謀長を海軍省に走らせたが、「一度、下りた裁定は覆すことが出来ない」と嶋田海相は却下してしまったという。(『怒りの海――戦艦比叡・西田艦長の悲劇』相良俊輔)

比叡と運命を共にしなかった(実は艦が沈没の直前、部下たちが西田艦長を強引に救助艦に移乗させたのだった)だけで、なぜ彼がそれだけの冷遇を受けなければならなかったのか。

この海軍省の処置が、私たちも大いに不満だったが、当時、彼の後輩である海兵出身の士官たちの声が、どこからも聞こえてこなかったというのも不思議だった。

ところで、戦局は大きな転機に差しかかっていた。

ミッドウェー海戦で勝機を摑んだ米軍は、大機動部隊掩護のもとに、中部太平洋で大規模な反攻作戦を展開し、日本軍守備隊はアッツ島をはじめとし、マキン、タラワ、クエゼリン、更にサイパン、グアムなどで次々に玉砕(全滅)し、海軍最大の前線基地だったラバウルも、延べ千五百機に及ぶ米軍機の波状攻撃を受けて放棄を已むなくされ、既に日本軍は戦死十数万、飛行機八千機、艦艇七十隻、船舶百十五隻を失っていた。

さらに米軍は、日本本土攻略の踏み台としての次期侵攻作戦として、中部太平洋から北上の気配をうかがわせており、その一環として、中国大陸の成都、昆明、桂林、長沙などの基地に航空兵力を着々と拡充しつつあった。

情報では、その兵力は戦闘機五百機、爆撃機三百機とも言われていた。

そうした十月十日、台湾の東沖を北上した総数九十隻からなる超大型米機動部隊（空母十七隻、戦艦六隻、駆逐艦五十八隻など）から発進した約四百機の艦載機が、日本の沖縄、南西諸島、台湾などに波状攻撃をしかけてきたのだ。

この攻撃で、日本軍は、銀河、彗星《すいせい》、陸攻など約四十五機を喪失。潜水母艦「迅鯨」などの艦艇二十数隻も沈められたが、さらに二日後の十二日、米軍はその主力を台湾の北部、南部に向けて、延べ千機以上の艦載機で攻撃をしてきた。

日本の連合艦隊は、即日「捷一、二号作戦」を発動し、私たちの「二五六空」も零戦十機と搭乗員十七名、整備分隊士大石少尉以下三十名の台南出発が決まり、基地も騒然としはじめた。

行先が台南と知って、私は分隊長に「特別参加」を申し出た。生まれ故郷の台湾で存分に戦いたかったのだが、「今回は役目柄、大石少尉に行ってもらう。君は残留して、零戦隊の指揮をとってもらいたい」と言われ、残念だが諦めざるを得なかった。

台湾への基地発進は十五日と決まり、十機の零戦と予備の搭乗員や整備員たちを乗せたDC機は、その早朝、全隊員の「帽振れ」に送られ、次々に砂塵を捲き上げながら離陸していった。

私は、その日から、零戦《ゼロ》の先任分隊士も兼ね、三日後から始まった「長沙《チョウサ》攻撃」に発進する零戦隊の地上指揮もとった。

この長沙攻撃は、台湾沖の米機動部隊に呼応して出陣が予想される長沙の米軍機や地上施設を攻撃するのが目的であったが、足の速い零戦でも片道三時間近くもかかり、しかも三十キロ爆弾を二個搭載し、七・七ミリ機銃と二十ミリ機関砲各二門で完全武装し、増槽タンクの燃料まで抱いて飛ぶせいで、現地滞空時間は、十五分程度しかなかった。

従って、米軍機と空戦でも交えるとなると、下手をすれば、わが基地に帰投する途中で燃料切れとなり、不時着の公算も大きかったから、出来るだけ空戦を避けるためにも薄明攻撃の必要があり、基地発進はいつも午前三時頃だった。

出撃の日、私はたいてい一時間前にその列線に立ち、出撃機毎の整備完了の報告を受けた。なかには、前日からエンジン不調の予定機があり、その代替がきかない時は徹夜整備になり、一睡もしない分隊員たちも多かった。

それでも、爆音を快調に響かせながら闇の空に離陸していった出撃機が、陽が高くなった頃、再び編隊を組んで基地の空に帰ってきた時は、分隊員のそんな疲れも吹っ飛ぶのだが、出撃回数を重ねていくうちに、一機、また一機と、バラバラになって帰投するようになり、被弾のため片脚がどうしても出ずに滑走路の真ん中で突んのめったり、燃料切れで杭州湾付近の田圃に不時着大破する機まで出てきた。

一方、台南派遣隊のほうも、他基地から出動した零戦などとともに、昼夜の別なく凄絶な空戦に明け暮れていた。

延べ千三百機もの米艦載機群との数十回にも及ぶ烈しい空戦をはじめ、中国・成都から発進したB29・百三十機との迎撃戦に、延べ千機の味方機が出撃したが、その半数は撃墜され、残った可動機は僅かに二百五十機にも満たなかった。二五六空の零戦も四機を失い、DC機も炎上してしまった。

ところが、日本の大本営は、この「台湾沖航空戦」の戦果を「軍艦マーチ」の鳴り物入りで、「敵空母十一隻、戦艦二隻、巡洋艦三隻、駆逐艦一隻撃沈。空母八隻、戦艦二隻、巡洋艦四隻などの二十八隻撃破。撃墜百十二機。わが方の損害未帰還機三百十二機」と発表したのである。

国民は、久しぶりの大勝利に酔った。東京、大阪では祝賀集会まで開かれ、『台湾沖の凱歌』というレコードまでがつくられたのである。

私も二五六空の士官食堂で、その戦果発表を聴いたが、不利な戦況をいくらか知っているだけに、誇らしげなその「大本営発表」が空しく、腹立たしかった。

実際の戦果は、「巡洋艦二隻大破、空母一隻、軽巡一隻小破」のみで、撃沈した米艦艇など一隻もなかったのである。また、撃墜は八十数機に過ぎなかった。

同じ頃、マッカーサー元帥の率いる米大輸送船団（約九十隻）が、比島のレイテ湾に接近しつつあるのを知った日本の大本営は、直ちに「捷一号作戦」の決行を命じた。

この大船団を護衛する米機動部隊は、空母二十九隻、戦艦十二隻のほか百五十二隻。艦載機千二百機に及び、これに対して日本の連合艦隊もその総力をあげて出撃した。

世界に誇る大戦艦「大和」「武蔵」を始めとする戦艦十二隻、空母四隻のほか、艦艇六十四隻、艦載機約六百機で、これは文字通り、最後で最大の日本連合艦隊であった。現地のわが二五六空も残った全機を、比島に進出させた。

しかし、この大作戦は、初めから日本軍の大誤算の連続であった。

その作戦計画は〈小沢機動部隊（空母四隻、航空戦艦二隻）が米機動部隊を比島の北方に牽《けん》制《せい》しているあいだに、主力の栗田艦隊（戦艦大和、武蔵など五隻、重巡十隻、軽巡二隻、駆逐艦十五隻）が、レイテ湾に突入してマッカーサー指揮の大船団を全滅させ、別動隊の志摩艦隊（重巡二隻、軽巡一隻、駆逐艦四隻）と西村艦隊（戦艦二隻、重巡一隻、駆逐艦四隻）が主力の栗田艦隊を支援して比島の航空隊と呼応し、米大艦隊を撃滅する〉という戦法だったが、肝心な栗田艦隊が米船団でなく、米大艦隊との決戦を切望し、よく的がしぼり切れないまま出撃したのである。

味方の艦載機の支援がない丸裸の栗田艦隊だったから、忽ち米潜水艦の雷撃を受けて、重巡二隻を失い、さらに米艦載機二百五十機の執拗な波状攻撃で、戦艦「武蔵」も魚雷十一本、直撃弾十発を受け、この世界最大の戦艦（六万四千トン、四十六センチ砲九門装備）は、一度も戦わずして海中に没してしまったのである。

また、小沢機動部隊も、米・ハルゼー機動部隊と交戦したが、空母四隻を失い、西村艦隊も米艦隊の待ち伏せに遭って全滅。主力の栗田艦隊は、さらに重巡三隻も失って、レイテ湾突入も諦めて反転し、遂に日本の連合艦隊は壊滅的な大敗北を喫して、虎の子の艦載機四百機までも失ってしまったのだ。

遂に「海軍神風特別攻撃隊」が編制され、関大尉ら第一次攻撃隊が米空母に突っ込んだのは、このレイテ沖海戦中の十月二十五日のことであった。

こうして「捷一、二号作戦」は日本艦隊の大失敗に終わり、私たちの二五六空から参加した零戦も、その半数以上を失って帰投してきた。

基地では、残った十機ばかりの零戦と、新たに補充した数機の雷電という極地戦闘機を加えて、早速、猛訓練を再開する一方、私たちの艦攻隊も、東シナ海に盛んに出没しはじめた米潜水艦群を求めて、連日のように出撃を繰り返していた。

そんな時期に、私たちの「二五六空」が突如「解隊」となったのである。

九州、沖縄、上海、青島、旅順を結ぶ海・空域の防衛強化のため、新発足した「九五一空」の傘下に入り、名称も「九五一空・上海派遣隊」と変わったのだ。

私たちの身分も、その日から「上海派遣隊付」となったが、本店がいきなり支店に格下げになったようで、なんとなく肩幅が狭まった思いにさせられた。

われわれ予備士官でさえ、そうなんだから「海軍」に永久就職した「海兵出身」の士官たちの心の動揺は大きかったに違いない。

最も気の毒だったのは、「二五六空司令」から「上海派遣隊長」に格下げになった西田大佐であった。

心なしか、海兵出身の士官たちの「夜の上海上陸」も繁くなり、外泊の操縦士官たちもその回数を増しはじめていた。

そんな派遣隊の気の緩みみたいなものが漂いはじめていた一月十七日（昭和二十年）のことである。

基地は朝から珍しく晴れ上がり、飛行場の芝生にも、柔らかい早春の光が加わりはじめていた。

その日も、八機の対潜攻撃機が早朝から格納庫前のエプロン（舗装された広場）に機首を並べて快調な爆音を挙げていた。

やがて、全機のエンジン・テストも終わり、出動予定の四機だけをエプロンに残し、他機を格納庫に収めた後、「全員、別命あるまで待機！」を私は八十名の隊員に指示した。

隊員にとって、この待機の時間がいちばん自由で、心安まる一と時であった。

早朝訓練に飛び上がっていた五機の零戦が、爆音で地軸を震わせながら私たちの頭上を飛び去っていった。その方角に上海の高層ビル群がオレンジ色に浮き立って見えていた。

やがて、すべての音が消え、基地はまもなく昼を迎えようとしていた。

と、その時だった。

私が艦攻機の操縦席に座り込み、何気なく眺めていた飛行場の外れの空に、ポツンと二つの黒点が浮かび上がり、その黒点が少しずつ横に移動しはじめたのである。

どうも飛行機のようだった。私は先刻の零戦がまだ空戦の訓練でも続けているのだろうと思った。

ところが、その二つの機影はドンドン大きくなり、基地に向かって超低空で突っ込んできたのだ。しかも、その二機の翼のあたりから、突然火花が散り、同時に爆竹に似た機銃音が続けざまに響きだしたのである。

「しまった！」と私が感じたその瞬間、目に飛び込んできたのは胴体の「星のマーク」だった。米艦載機P51だったのだ。

「敵機だ!!　総員退避しろッ!!」と、私は大声で叫びながら、艦攻機の翼からエプロンに向かって飛び降りると、格納庫を囲む掩体壕の堤の上に駆け上がった。

既に、そのP51の二機は、黄浦江畔《こうほこう》に横一線に並んでいた零戦の何機かに火災を起こさせて急上昇し、さらに別の二機が私たちの艦攻格納庫に向かって既に急降下の姿勢をとりながら、両翼から機銃弾を射ちはじめていた。

「頭を伏せろ!!」と私が近くの壕の上に腹這いになっていた何人かの隊員たちに怒鳴る間もなく、すぐ近くの土が「ピ、ピッ!」と跳《は》ね、同時に格納庫の壁鈑を射ち抜いた機銃弾が、庫内に「カーン、カーン!!」と乾いた撥音を連続して立てはじめた。

「ここは危険だぞ! みんな防空壕に跳び込め!!」と近くの何人かの隊員に指示しながら、私は急勾配の堤を斜めに走り抜けて、すぐ前の防空壕に辛うじて飛び込んだ。

暗い壕内は異様な混みようで、荒い吐息があちこちで弾んでいた。

米軍機の聞き馴れぬ金属音が、二度三度と強弱を繰り返しながら壕の上を通り過ぎていく。

私は気を取り直して、「壕の出口にいちばん近いのは誰か?」と声をかけた。

「吉岡上水(上等水兵)です!」という高い声が返ってきた。艦攻隊の燃料車の運転兵だった。

「よし! 吉岡、そこから外の状況を報告してみろ!」

しばらくして、再び彼の声が上がった。

「零戦が八機燃えています! それから、艦攻機も二機、エプロンで燃えています!」

急に壕内が騒がしくなった。

「静かにしろ!」と誰かが叫んだ。私は、もう一度、出口に訊いた。

「吉岡、敵機は今どこにいるのか!」

「三機が浦東《プートン》上空から急降下をしながら、零戦《ゼロ》の列に攻撃をしかけています。それから、あ、別の二機が、またこっちの格納庫に向かって急降下してきました!!」

という彼の言葉がまだ終わらぬうちに、再び「キーン！」という異様な金属音が高くなり、痛いような機銃音が壕内に反響しはじめた。続いて「グァーン!!」という轟音が一瞬のうちに遠ざかっていった。

「分隊士、残りの二機を今のうちに格納庫に入れましょうか？」という声がしたので振り返ると、先任下士官がそこにいた。

「おお、そこにいたのか。いや、もうすこし待て。今出ていったら、こっちまでやられてしまうぞ」と、私が言い終えぬうちに、再び吉岡上水の悲痛な声が上がった。

「分隊士！　エプロンで、もう一機燃え上がりました!!　それから、格納庫の窓から黄色い煙が上がりだしました!!」

「けむり？　どこの窓か?!」

「いちばん左奥の窓です!!」

私は一瞬、血の気が引いた。そこの窓際には、手押しのガソリン車が菰《こも》を被せて置かれていたのだ。

昨夜、十二時頃までかかって事故機のエンジン整備のために使用していた手押しのガソリン車だった。

「吉岡、敵機は今どこにいるのか！」

「今は、上空には見当りません！」

「よし！　全員、壕から出ろ!!　急げ!!」

壕内の隊員たちが、バラバラと壕から飛び出した。

私は、そこにいた二名の隊員に見張りを命じ、「敵機がやってきたら、大声で知らせろ！」と言い残して格納庫の前に走り出た。

窓の煙は、やはりそのガソリン車が火を噴く煙であった。既に近寄れないほどの高熱と猛炎に包まれ、下手をすると爆発の危険性さえあった。

隊員たちは、先任下士官の指揮で、無傷で残っていたエプロンの一機を、火炎に包まれていた僚機から遠ざけ、格納庫の二機を辛うじてエプロンまで引き出したが、三機目は持っていき場がなくなり、格納庫の片隅に移動させるのが精いっぱいだった。

さらに不幸だったのは、折角、エプロンに引き出した一機までが、僚機から飛んできた火の粉を受けて逆に燃え上がってしまったのである。

二台の化学消火隊が本部から駆けつけてきたのは、それから間もなくであった。既に格納庫の天井まで火が回り、何本かの伸びたホースから泡状の消火剤が一斉に放射され、辛うじて天井の火は消えた。

幸いだったのは、この米軍機の急襲で、隊員に一人の負傷者も出さなかったことだった。

私は、傍らで悄気ていた先任下士官に、全員の休息を命じ、私たちもその場に座り込んだ。

全身の力が抜けたようだった。

と、その時であった。

「オカモト少尉、ここに来い！」という気色ばんだ声が近くで上がったのだ。

急いで首をあげると、そこに「海兵出身」のK中尉（偵察）が鷹《たか》のような目を、こっちへ向けていたのである。

私が立ち上がろうとしたのと、彼がこっちへ跳んできたのが殆ど同時だった。そして「貴様、ガソリン車を格納庫に入れやがって！」と喚きながら、いきなり私の頬を拳《こぶし》で力いっぱい殴りつけてきたのだ。

不意をくらって、私は思わずよろめき、その場に転がった。「立て！」と再び彼が突き刺すように言うので、ふらつきながら立ち上がると、「この野郎！　格納庫や艦攻まで燃やしやがって！」と、なおも殴りかけようとした時、「そこで何をしとるかッ!!」と、ドスのきいた声が斜めの方角から飛んできたのだ。

そこには、西田大佐と私たちの分隊長のS大尉が立っていた。

「そこで喧嘩して、いったい何になる。馬鹿者!!」と、西田大佐が例のダルマのような鋭い眼光で、K中尉を睨みつけていた。

隣のS大尉も、「整備の責任はワシにある。文句があるのなら、このワシに言え!!」と気色ばんだ。

引っ込みのつかなくなった海兵中尉は、そこに乗り捨ててあった自転車で、そそくさと姿を消してしまった。

「分隊長、あとで状況を聞かせてくれ」と言って、西田司令（正式には派遣隊長だが、私たちは今まで通り司令と呼んでいた）は消火作業を続けている格納庫のほうへ歩いていった。

私は、屈辱の思いで体中が沸きたっていた。いつ、自分が艦攻機や格納庫を燃やしたというのか。しかも、指導系統の違う海兵出身の「偵察中尉」ごときに、なぜ殴られなくてはならないのか！――

「ま、座ろう。しかし、すっかりやられたなァ」と、特務大尉の分隊長は私を誘ってその場に腰を下ろした。

「零戦が十二機、雷電も三機やられた。艦攻は結局、何機燃えたのか？」

「格納庫の三機が健在なら、焼失は五機になります。その焼失経過は……」と、私はK中尉の殴打に至るまでを、ありのままに報告した。

話をしているうちに、ものの三十秒もすると、口中に酸っぱい液が溜まってくる。吐き出すと、赤黒い血が地面に花のように散った。

どうも口の中を切ったようだった。拳で拭うと、指のあいだからも鮮血が條を引いた。

「医局で手当てをしてもらったらどうか」と分隊長も言ってくれた。

そこへ、先任下士官が心配そうに寄ってきた。

「分隊士、大丈夫ですか？　ひどい目に遭《あ》いましたねえ」

「先任、このことは、みんなには黙っておけ。それから、分隊士は口の中をだいぶ切ってるようだから、至急誰か一人寄こして、治療室まで同行させろ」

「分かりました。分隊士、番頭がいいでしょうねえ」「うん、そうしてくれ」と、私も同意した。

番頭というのは、私と同郷の台湾で、実際に旅館の番頭をしていた野田一水（一等水兵）のことで、さすがに番頭らしくよく気がつくその彼に、私は時々、私室の掃除やズボンの洗濯などもしてもらっていたのである。

すこし眩暈《めまい》もするので、医局での治療を終えた私は、そのまま私室のベッドに横になった。野田一水は、さすがに細かいところまで気を使ってくれ、士官食堂の調理室から重湯や玉子入りのスープなどを拵えてきてくれたが、私はあまり食欲が湧かなかった。だいいち、傷が沁みて食べられなかった。

三時間おきに、白い錠剤を飲むのだが、どうも鎮静剤か化膿止めのようだった。

その夜は、痛みと口惜しさで、殆ど眠れなかった。いつ、自分が艦載機や格納庫を燃やしたというのか。格納庫炎上の原因が手押しのガソリン車にあっても、ガソリンなど何処にでもあった。零戦でも艦攻機でも、いわばガソリンを満載した飛行機に過ぎなかった。

炎上の真の原因は、米軍機群の急襲にあったのだから、責められるのは、隊全体の弛緩しかけていた「戦闘意識」と「防衛力の不備」ではないのか。——

また、一予備士官に過ぎない自分が、なぜ所轄の違う海兵出身の偵察中尉ごときに殴られなければならぬのか。先輩の西田大佐が近くにいるのを意識して、あえて「海兵出身」のポーズをとったのではないのか。――

私は痛みが去らずに、三日ほどベッドで寝起きしていたが、その三日目の夕刻のことであった。

食堂から粥《かゆ》食を運んできてくれた番頭が、「これ、西田司令から託《ことづ》かりました」と言って、小さな紙包みを差し出したのだ。

開けてみると、銀紙に包んだチョコレートが二十個ばかり入っていた。

私は胸が詰まった。ほぼ全滅に近いまでになった基地の最高責任者である西田大佐の受けた心の痛手は、計りしれないものがある筈なのに、殴られて口中を少し傷つけただけの自分に、これだけの細かい心遣いをしてくれる司令の優しさに、深くうたれたのである。

その夜、私は軍服で正装し、司令室のドアをノックした。中から声がしたので、入っていくと、大佐は大きな椅子に深々と体を沈め、ダルマ大師のような目でこっちを見ていた。

「おお。どうだ、傷のほうは？……」

「司令、お志ありがとうございました。また、格納庫炎上のこと、お詫びいたします」

「ああ、そのことは気にするな。腹も立ったと思うが、あいつには強く説諭しておいた。それよりも、チョコレート食べたか。口の中だから、どうかと思ったが、軍医長の話では甘い物は傷にもいいらしいから、持っていってもらった。食べたか？」

私は、ただ「ハイ！」と言ったきり、胸が詰まって後が言えなかった。

一礼して引き下がろうとすると、いきなり「岡本は、タバコを喫うのか？」と訊かれた。

再び、「ハイ」と答えると、「それじゃ、残り物だが、これを持っていけ。高松宮（昭和天皇の実弟で、当時、海軍大佐）から土産《みやげ》に貰ったものだが、ワシは喫《す》わないから、飛行隊長らにも何本か分けてやったが、まだ五本ばかり残っている。持っていけ」と言って、高級葉巻の入った美麗な紙函を差しだしたのである。

私は、深々と頭を下げて、その紙函を受け取り、司令室を出た。

基地の夜は凍てつき、冴えた空に冬の星座が冷たく張りついていた。

私は不覚にも涙が出た。宿舎には戻らずに、いや戻れずに、司令が高松宮大佐から貰ったというその葉巻の紙函を大切に小脇に挟み、感動を胸を詰めながら、いっとき黄浦江沿いの暗い小路を歩き続けた。

治りかけていた口中の傷が、再び疼《うず》きだすようであった。

当時の筆者（海軍少尉）

三、八月の風景

昭和二十年春、私たちの「九五一空上海派遣隊」は、上海北部地区にあった「上海航空隊」と合隊して、新たに「中支海軍航空隊」という名の「実戦部隊」を再編制した。

一月以降、数回を超える米軍艦載機（P51など）の急襲を受け、十機近くまでに減らされた零戦《ゼロ》を早急に補充し、私たち艦攻隊の残存三機にも「特攻」の要請があり、沖縄特攻作戦に参加するため発進した後、「東海」という名の「対潜攻撃機」が十機、七十名近い搭乗員と整備員を伴って加わってきた。

そして二か月後には、その東海機隊は零戦隊と別れて、中支空本部のある北部地区へ移動駐留することになり、私たちの整備分隊も一緒にその北部基地に移動した。

その東海機は、一機ずつ掩体壕の堤囲いに収容し、草や小枝などでカモフラージュして、攻撃に発進する時は、その掩体壕からいきなりエンジンを全開して出撃するという態勢をとったため、私たちの整備分隊も、主計科や通信科、警備科の一部とともに、基地本部から飛行場を挟んだ一キロほど先の、その掩体壕付近に並んだ廃屋同然のトタン葺きの粗末な長舎に寝起きすることになった。

その東海機の対潜哨戒は、その後も細々と続いたが、それも百機に余る米軍機（B29・B25・P51など）の基地空襲の合間を抜っての出撃だけで、殆ど見るべき戦果も挙げずに帰投してくることが多かった。

加えて、「銃後」と呼ばれていた日本本土での「動員学徒」たちの粗製乱造なエンジン組み立てや部品製作のため、飛行途中でエンジン不調となり、東シナ海の呉淞《ウースン》沖や、朝鮮の済州島あたりに不時着するような事故が多発するようになり、出撃回数も目に見えて減っていく有様だった。

それを自嘲するかのように、こんな戯《ざ》れ歌までが隊員のあいだでうたわれだした。

♪イヤになったよ　東海《とうかい》は
　昨日も不時着　また今日も
遊覧飛行じゃあるまいに
　済州島に　なぜ降りた

逆に激増していったのが、米軍機（P51・P38・B25・B29）の百機にも余る「戦・爆連合」の大編隊による連日の空襲であった。特に、沖縄の日本軍の敗北が囁かれだした六月末から、その回数が激増するようになった。

上海派遣隊時代の筆者（海軍中尉）

その米軍機による上海爆撃だが、米・英二国と同盟を結んでいる中国人の居住区には、絶対に爆弾は落とさない。空爆の対象は、専ら黄浦江に浮かぶ日本海軍の艦艇群と、陸上の日本軍関連の施設に限られた。

中でも、上海・蘇州地区の空域防衛と東シナ海の米潜水艦攻撃を主任務とする我々の航空隊基地がいちばん主たる爆撃対象になったのも当然であった。

現存する自衛隊資料の「戦記日誌」にも、七月中旬の米軍機による上海爆撃は、「17日＝約六〇機、18日＝約一〇〇機、20日＝約一六〇機、22日＝一五〇機、23日＝約二〇〇機、24日＝約二五〇機」とあり、いずれも米軍機の「戦爆連合」となっている。

つまり、その一週間だけでも、実に、延べ九百機の米軍機が私たちの基地を中心に絨緞《じゅうたん》爆撃を繰り返していたのである。

既にその時期には、私たちの基地も「特攻基地」に組み入れられており、「桜花《おうか》」と呼ばれる「一人乗りの特攻グライダー」が運びこまれ、舟山列島には「震洋《しんよう》」という「海上特攻艇」らを密かに配備して、東海機の「掩体壕隠蔽」と共に、米軍上陸の可能性に備えていたのである。

しかし、事態は八月六日の広島への原爆投下、八日のソ連の対日参戦、九日の長崎原爆と続き、遂に日本政府は「ポツダム宣言受諾」を米連合国側に通告せざるを得ない、という「最終段階」を迎えつつあったのである。

そして、八月十二日の午後のことであった。上海市内のマーケットに「食糧調達」に行った基地主計科のトラックが、市場の入口で数十人の中国人青年たちから、投石や暴行、掠奪を受け、全員が血だらけになって引き返してきたのだ。

さらにその夜、十二時をすこし回った時刻だったが、私たちの分隊員宿舎の棟続きの「乾し草」の倉庫が、突然燃え上がったのである。

「火事だ、全員起きろ!!」「倉庫に水を掛けろ!!」などと叫ぶ声が暗闇の中で聞こえ、私が跳び起きた時は乾し草の倉庫は既に手がつけられないほどの状態だった。

基地本部から消火隊も駆けつけ、一時間余りで辛うじて消し止めたが、消火に協力して全身ずぶ濡れになった分隊員たちが、ようやく宿舎に引き揚げたその直後のことだった。

分隊の先任下士官が、血相を変えて私の部屋に跳び込んできた。そして、「分隊士、えらいことが起きました。朝鮮の志願兵が全員脱走しました」と言うのだ。

一年前の夏、私たちの分隊に、十三名の朝鮮半島出身の志願兵が配属されてきた。

それまでの何か月か、練習航空隊での教育を経てきただけに、規律や行動の面でも日本人の同年兵たちと較べて、いささかの遜色もなく、私は分隊全員に一切の差別や鉄拳制裁をも禁じていた。

「全員が……？　火災の時は、いたのか？」

「なにぶん、自分たちは消火に夢中でしたので、はっきりしませんが、いたような気がします」と言う。

即刻、全隊員に、「総員起こし！」を命じ、宿舎の周囲から格納庫、飛行場の端々まで、本部から駆けつけてきた捜索隊と一緒になって捜し回ったが、ついに一人の志願兵も発見出来なかった。

どうやら、夜半の倉庫火災に便乗して、基地外に「全員脱走」した疑いが濃厚になってきた。十二日午後の上海市内マーケットでの「投石暴行事件」に次ぐ「倉庫火災」。そして「朝鮮志願兵たちの全員脱走」と、これらが単なる偶然でなく、一本の糸で繋がっているような気がしてきたのだ。

そして、その結論が、八月十五日正午の「昭和天皇の終戦宣言」となったのである。

その日は、雲一つない茹《う》だるような暑い日であった。突き刺すような太陽が、廃屋同然の隊員宿舎のトタン屋根をジリジリと焦がしていた。

〈朕深ク世界ノ大勢ト帝国ノ現状ニ鑑ミ、非常ノ措置ヲ以テ時局ヲ収容セント欲シ、茲ニ忠良ナル爾臣民ニ告グ。

朕ハ帝国政府ヲシテ、米英支蘇四国ニ対シ、其ノ共同宣言ヲ受諾スル旨、通告セシメタリ。
――〉

初めて聴く昭和天皇の悲痛なお声だった。天皇独特のアクセントが、余計に悲愴味を帯びながら、急拵えの宿舎のラジオから流れ続けた。

途中ですこし雑音が混ざり、よく聴きとれぬ箇所もあったが、「米英ら四国の共同宣言なるものを日本が受諾し、降伏することでこの戦争を終結させる」ということだけは、残念ながら理解出来た。

しかし、これまでの四年近い戦争の中で、「敗戦」の予感がまったくなかったわけではなかった。

昭和十七年夏のミッドウェー海戦での大敗北をはじめ、アッツ島やマキン、タラワでの玉砕。さらにサイパン、フィリピン、そして沖縄と壊滅的な敗北が続き、残された道は、全国民を捲き込んだ「日本本土決戦」しかない悲劇的な情勢では、もはや、この戦争を「いつ、どんな形で終息させるのか」、その時機を日本の全国民が、暗黙のうちに、密かに待ち望んでいるようなところが確かにあったのである。

しかし、今こうして昭和天皇自らのお声で「終戦宣言」をされると、やはり来たるべき事態が遂に来た、という暗澹たる気持ちになる一方で、連日の米軍機群の爆撃で「今日か、明日か」しかなかった自分たちの命が、これで助かったのだ、といった熱い歓びが体中を走り回りだしたのも、また事実であった。

宿舎の中央通路に四列横隊に並び、額や背中に汗を掻きながら天皇の放送を聴き終えた隊員たちも、一様に複雑な表情を示しはじめていた。

心の何処かで歓びを噛みしめている者や、なお硬い顔に戸惑いを残している隊員たちも多かった。

中には「みんな、一生懸命に戦争をやれとよ」と、内心とは裏腹な言葉で周囲に強がりを示す下士官もいた。

めいめいが、そんな様々な思惑の中で、自分の気持ちを整理しようとしていたのである。

私は、すぐ横に並んでいた先任下士官に、あえて「東海機に搭載しているガソリンを、今から全員で抜き取らせよ」と指示した。

分隊員たちが、それぞれの受け持ち機のガソリンをすべて抜き取ることで、隊員めいめいの揺れる心の締めくくりにして貰いたかったのである。

しかし、隊員たちにそう指示しながら、私の心は鉛のように重たく、混沌としていた。

〈この先、日本はどうなっていくのか。敗戦でも、日本という国家はそのまま維持されていくのだろうか。そして、自分の生まれ故郷の台湾は、どうなってしまうのか。支那（中国）に返還するとなると、台北に住んでいる家族は、どうなるのか。父親が四十年かけて汗と涙で築き

上げてきたあの家や、熱帯果実がみごとに実ったあの広い庭や土地はどうなってしまうのか。——〉

私は、汗まみれの防暑服を私室の畳の上に脱ぎ捨て、ベッドに仰向けに転がりながら、そんなことをあれこれ追いかけていた。疲れがいっぺんに吹き出してきた。

「おお、ここに居たのか！」と、基地本部で「整備士」の仕事をしている同僚のM中尉が自転車でやってきた。

「途中で隊員たちの宿舎を覗いたが、誰もいなかったぞ」

「うん。いま、全員で東海機のガソリン抜きをさせている」

「へーえ。えらい早手廻しじゃないか」

と、彼は笑いながら私の部屋に上がりこんできた。

「放送聴いたか。……どうも無条件降伏らしいぞ」

「無条件？　その奴らの共同宣言というのは、どんな内容なのか？」

すると彼は、「自分も、あまり明確には知らんが……」と前置きをして、こんな説明をした。

〈日本の主権を、北海道と本州、四国、九州に限定し、海外の日本人も全てその中に引き揚げさせる。そして軍隊は全員「武装解除」をさせ、戦争犯罪人は処罰する。さらに、日本に新しい民主政府が出来るまで、米英ら連合軍が日本を占領する〉と、いうものらしかった。

また、彼がこんな話をした。

昭和天皇の放送後、基地本部の玄関前で、「腹を切って自刃しかけた特攻士官が何人か出た」というのである。

幸い、発見が早かったから、即刻、治療室に担ぎ込んで、命は取り止めたらしいが、それらの特攻士官は、全員が我々と同じ「予備士官」（学徒士官組）だったというのである。

私は、その話を聞いて無性に腹が立ってきた。

なぜ、予備士官がそんなことをしたのか。――自分の腹を切って、どんな責任をとろうというのか。しかも、腹を切ったのが、なぜ「助《すけ》っ人《と》」の予備士官で、海軍兵学校出身の「正規士官」ではなかったのか。

むしろ、敗戦の責任をとるべきは、この無謀な、戦争を指導し、特攻を強要し、数千人の学徒士官まで死地に追い込んだ「海兵出身」の上層部ではなかったのか。――

「じつは、そのことで……」と、同僚のM中尉が話を続けた。

その切腹事件の直後、我々の分隊長のS大尉が彼の傍に寄ってきて、こう耳打ちしたというのだ。

「君たち、頼むからあんな真似はしてくれるなよ。特に岡本中尉にも言ってくれ。彼は、一月のP51の奇襲で、艦攻格納庫を燃やしたり、朝鮮の志願兵全員が脱走したりで、余計に気が滅入っていると思うから、君からも、よく話してやってくれ」と頼まれた、というのである。

私は、ますます腹が立ってきた。

「バカな！　おれは絶対に自殺なんかせんぞ。あの艦攻格納庫は米軍のＰ51が燃やしたので、おれが火を付けたんじゃないぞ。朝鮮の志願兵全員が脱走したのだって、おれの分隊からでなく、敗北した日本海軍から逃亡したんじゃないか。また、米軍機の空襲のたびに、飛行場の境界柵から外に分隊員たちが逃げだすのを黙認したのも、無駄な戦死をさせたくなかったからじゃないか。おかげで、おれの分隊からは一人の負傷者も出してないぞ。そのおれが、なぜ責任をとって腹を切らねばならんのか。おれは、そんなバカな死に方は絶対にせんぞ!!」と、言ってやった。

「予備士官自刃騒ぎ」の話を聞いた後だけに、余計何かに抵抗したい気持ちだった。

彼も、ホッとしたらしく、「お互い、命があってよかったなァ」と述懐するように頷いた。

「どうだ。乾杯しないか」と、私も彼を誘って、飲み残っていた棚のスコッチを、コップに注ぎ、お互いの健康を祝し合った。

喉から胃壁を伝って落ちてゆく熱い液が、改めて生きている歓びを臓腑に隈《くま》なく伝えていくようであった。

二人で、そうして乾杯をしている頃、中華民国政府の蒋介石主席が、重慶から日本の派遣軍総司令官宛に、短波放送でこんな呼びかけを盛んにしていたのだ。

〈日本軍は正式に無条件降伏をせよ。最高指揮官は一切の軍事行動を中止させ、代使を中華民

国陸軍総司令・何応欽《かおうきん》上将の許に派遣し、命令を受くべし〉
日本の大本営も、停戦を全軍に発令したが、「但し、交渉成立までの敵の攻撃に当りては、已むを得ざる自衛のための戦闘行動は、之を妨げず」と、まだ余力（?）のあるところを最後まで誇示しようとしていた。
しかし、日本軍の全基地での戦意は、既に「天皇放送」を境に全く喪失してしまっていたのである。

こうして、八月二十九日に、米軍の大型輸送機による米・重慶空軍らの接収が始まった。既にわが基地の殆どの隊員たちは、上海市内の指定された高層アパートに収容され、基地の中には「接収要務」に携わる司令らの幹部たちと、警備分隊、通信、主計科の一部、それに残存機引き渡しのため、掩体壕近くで寝起きしていた私たちの整備分隊ぐらいしか残っていなかった。

定刻、その米軍の一番機が降りてきて、格納庫前に整列していた私たちの前方約八十メートルに車輪を止めた。

いったい、どんな奴《やつ》が降りてくるのか。関心を前方の扉に向けていると、緑色の軍服を着た三人の重慶空軍の幹部らしいのが、馴れぬ足取りでタラップを下りてくると、機の下まで迎えに出たわれわれの基地幹部とギコチない握手を交わした後、迎えの車に同乗して早々と姿を消してしまった。

続いて、後尾の大扉が開くと、重慶空軍の警備隊員らしいのが続々と広場に降りてきた。

驚いたのは、その兵士たちの服装や装備だった。約八十名ほどの半数は、小銃など持たずに、鍋釜や長杓子などをぶら下げ、中には青龍刀まがいの剣を背中に光らせ、服装も便衣服や半ズボンを穿いた兵士たち、足に脚絆を巻いた無帽の兵士までが交じっていた。

この敗残兵まがいの一団が、重慶空軍の正規兵なんだろうか。——時代が十九世紀にスリップしたような珍景に、私たちはただ呆然とするばかりだった。

しかも、その隊員（？）たちは、輸送機の脇にただ屯《たむ》ろしているばかりで、隊列など組もうともせず、迎えにきた三台のトラックに「我先」に乗り込むと、サッサと姿を消してしまったのである。

続いて降りてきた二番機も、その先着機に並んで車輪を止めた。

今度は、どんな連中が降りてくるのか。先刻のこともあるので、多少、胸を弾ませながら見ていると、いきなり後尾の扉が開いて、数台の小型ジープとオートバイが下ろされてきた。

続いて、中央の扉が開くと、その出口が急に華やかな色彩で溢れだしたのだ。

なんと、金髪の若い女性群だった。赤や紺、オレンジ色などのショート・パンツを穿いた十人ばかりの女性が、タラップを軽やかに笑顔で下りてきたのである。

再び「場違い」なものを見せられ、我々はただ呆気にとられているうちに、エプロン広場は、忽ち花が咲いたようになってしまった。

続いて、カーキ色の航空服を着た米軍士官らしい背高の男たちが何人か降りてきたが、格納庫前に並んでいた我々には目もくれずに、先に下ろしていた数台のジープやオートバイに、その女性たちと一緒に乗り込むと、いきなりエンジンを吹かして、広い滑走路に向かって走り出したのである。

「いったい、どうなっているのか？」と、隣の同僚のM中尉が話しかけてきた。

「あいつら、戦場にも女を連れてきているのか」と、私も呆《あき》れながら滑走路のジープを目で追いかけているところに、「米軍の接収機は、都合で五分遅れ」という通信科からの情報が入った。

それにしても、このカーキ色の航空服を着た女連れの米軍の士官たちは、終戦からまだ二週間しか経っていないというのに、敵対国だった我々への「警戒心」など微塵もないのか、全員が丸腰なのだ。

さらに不思議だったのは、一様にピンク色の顔をしたその米軍士官たちに対して、私たちにも僅かな敵愾心すら湧かなかったことである。

これは、いったいどういうことか。――彼らは、全員「獰猛《どうもう》で鬼畜《きちく》」のヤンキーだった筈なのに、いま自分たちの目の前を、派手な女たちを乗せて愉しそうに滑走路を走り回っている男たちは、つい数年前、私たち学生が街の「映画館」で胸をときめかしていたアメリカ映画の

『モロッコ』のゲーリー・クーパーや、『駅馬車』のジョン・ウェインたちと同じような男前で優しい顔をしており、ジープの後部席ではしゃいでいる朱唇の女たちも、女優のモーリン・オハラやマーナ・ロイのような美女ばかりだった。

我々がこれまで敵として戦い、殺し合った相手は、ホントに目の前を走り回っている彼らだったのか。

とすれば、この彼等にすこしも憎しみが湧かないこの「日米戦争」とは、いったい何だったのか？——私は自問せざるを得なかったのである。（あとで分かったことだが、この二番機の男女グループは、病院の医療関係者たちだった）

さらに数分後、遅れて着陸してきた大型輸送機が、先着機の脇に翼を並べた。

中央の扉から、今度は米軍の接収将校らしい同じカーキ色の航空服の男が数人、トントンと身軽にタラップを下りてくると、輸送機の下まで出迎えた私たちの基地司令たち（なんと貧相に見えたこととか）と、ニコヤカに握手を交わし終えると、胴体後尾から出してきたジープに一緒に乗り込み、その先頭の米軍将校が自ら運転して、全速力で基地本部の建物の方角へ走り去ってしまったのである。

その彼らの挙動が、いかにもテキパキと能率的で、残念ながら、これまでいちばん「スマート」と呼ばれていた「日本海軍」など、足元にも及ばない鮮やかさだった。

また、彼らも揃えたような男前だった。特にジープを自ら運転していった口髭の士官は、米男優のロナルド・コールマンにそっくりだったのである。

私には、米映画の懐かしさこそあれ、彼らへの「敵意」など微塵も湧かないのだ。

また、私が同僚のM中尉と別れて、自室へ引き返してきた時、すぐ脇の植え込みの前に、先刻の女性を乗せた一台のジープが停まっていた。

近づいてきた私に気付いたようで、運転席の士官が、いきなり私に向かって笑顔で敬礼をしてきた。

思わず私も「答礼」をしたが、その男が早口の英語と手真似で、「一緒にこの車で基地内をドライブしないか」と笑顔で話しかけてきたのだ。

その素振りには、何のこだわりもない、むしろ親しみさえ含《こ》められていた。

不意のことで、私は慌てて手を横に振りながら自室に入ったが、「敬意や憎しみなど、まったく持ち合わせない者同士が、命を賭して戦ったこの戦争とは、いったい何だったのか」を、私は自室のベッドに仰向けになりながら、いつまでも問いつめざるを得なかったのである。

四、かえり船

日本軍の占領時は、「昭和島」と呼ばれていた上海市郊外の広大な「日本軍収容所」から祖国への「復員」（引揚げ）が始まったのは、昭和二十一年の年明け早々からで、私たち航空隊員たちが「播州丸」という三百トンたらずの捕鯨用の小さなキャッチャー・ボートで上海の埠頭を離れたのは、二月十七日の朝十時頃であった。

狭い船底は、二百名余りの隊員たちと、各自二十キロと制限された「身の回り品」の私物で文字通り足の踏み場もなく、私はその船底の隅に拵えてあった掃除用具の収納函の上に持参した自分の毛布を敷き、軍装のまま横になった。

ひどく疲れていたが、これから帰っていくしかない「広島」のことを考えると、なお気持ちが暗くなった。

台湾の台北市郊外に四十年も住んでいた自分の家族たちは、いったいどうなったのだろうか。——また、その父母たちの生まれ故郷でもある「広島」も、米軍の原爆で街は全滅し、七十年も草木が生えない、という噂まで拡がっていた。

皆目、見当がつかないままの手探りの「復員」が、自分の気持ちをいっそう暗くさせ、私は夕食をとる気にもならず、硬い板蓋《いたぶた》の上で「死骸」のようにひたすら眠り続けた。

「海の色が変わったぞ！」という声に目を覚ましたのは、既に明け方に近かった。私は重たい腰を上げ、ふらつく足どりで、辛うじてタラップを昇った。

船上を吹き抜ける早朝の海風は、さすがに冷たかったが、目の前で大きくうねっている海の色を見て、思わずわが目を瞠った。

昨日までの「褐色の海」がすっかり「濃い藍色」に変貌していたのである。

迂闊だったが、私は上海基地での二年間で、「海は藍色」であることを、すっかり忘れていたのである。

そう言えば、二年前の夏、九州の大村基地から上海へ飛ぶダグラスの機上から見たこの東シナ海が、途中で「藍色」から「褐色」の海へと明確な一線を海上に真横に画して、果てしなく拡がっていたのを思い出した。

この海の色が藍いということは、この船がそれだけ日本に近づいていることを意味していたのだ。

「祖国日本」は、この鮮やかな「藍色の海」に囲まれていたのだ、と改めて知ったこの発見が、今まで重たかった私の頭を一瞬に醒めさせてくれたのである。

視界が晴れ上がっていくにつれ、その感動は強まるばかりだった。目を凝《こ》らすと、その藍いうねりの遥かな水平線上に、薄墨色の島々がいくつも連なって拡がっていた。「国破れて山河あり」――霞んでいるその祖国の島々を発見した時ほど、その言葉が熱い実感を伴って溢れ出たことはなかった。

日本は、こんなにも美しかったのか。――数時間後には、その祖国がくっきりと山容を展げはじめた。

藍い海の中に、黒々といくつも突き出た岩礁。島裾を一線に染めて続く白い砂汀。鮮やかな松の枝々を交錯させてどこまでも続く蒼い岩山。その合い間から海に落下している数條の白滝。緑なす段々畑。白い漆喰《しっくい》で固めた農家の黒瓦の家々。――これらは、まさしく忘れかけていた祖国日本の山河であった。

しかし、そんな感動に酔っておれたのも、復員船が九州・博多の港に横付けになるまでで、甲板《デッキ》に乗り込んできた米軍将校らの、日系二世らしい男の口を通して、「各自の襟についている階級章を、すべて海に投棄せよ」というつれない占領軍命令で、私も襟の「海軍中尉」の階級章をもぎとり、汚物の浮かんでいた埠頭の海に力いっぱい投げ棄てた。

この階級章と訣別する時、一瞬抱いた寂しさも、それを思い切って埠頭の海に投棄した瞬間から、わが身も一人の「復員兵」になったことで、改めて自分に一つの踏ん切りをつけさせてくれた。

私の「戦後」は、この時から始まったのである。

続いて、私たち復員兵は、広大な埠頭広場に一メートル間隔に並ばされ、米軍兵士からいきなり頭のてっぺんから褌の奥までも、白いDDTの消毒粉をイヤというほど吹きこまれ、頭も顔も忽ち「白子」のように染まり、歩くたびにズボンの裾からその粉がボロボロと零れ落ちた。体ばかりか、自分の心の芯までが晒されてしまったような佗しさだった。

さらに、各自のポケットに残っていた所持金もすべて没収され、代わりに「千円」の日本札と「復員証明証」を手渡され、広場から百メートルばかり先に停車していた本土行きの「復員列車」の出発時刻まで、近くのベンチで待機させられたのである。

底冷えのする夕闇が、すぐ足元まで迫っていたのを自覚しかけていた時、

「おじさん、タバコ買ってください」

という声がして、そこに薄汚ない長髪の少年が立っていた。

引きずるような大人の古オーバーを着込み、そのポケットから懐かしい「光」のオレンジ箱をチラリと覗かせた。

「ボク、朝から何も食べていません。お願いですから、買ってください」

と、哀願するように私の目を見るのだ。

私は、上海の中国タバコを少し持っていたが、朝から何も食べていない、というこの少年が哀れに見え、一箱だけ買ってやった。

ところが驚いたのは、その「光」が一箱三十円もしたのである。

つい三年前、私が日本で喫っていた時は、たしか四十銭たらずだったから、優に「八十倍」に近かったのだ。

敗戦で、日本はこんなにも物価が高騰してしまったのか。――しかし、この朝から何も食べていないという少年への哀れみのほうが先立った。

少年は、私から金を受け取ると、忽ち身をひるがえすようにして消えてしまった。

あれが噂に聞いた「戦災孤児」というのだろうか。――

私は、垢まみれで目だけが異様に光っていたその少年の顔を思い出しながら、買ったばかりのその「光」の一本に火をつけて、再び驚いた。

それは、タバコではなかった。その巻き紙の中には、枯れた松葉がギッシリと詰め込まれていたのである。

「やられましたねえ」という声で振り返ると、そのベンチの脇に座っていた学生服の男が、私のほうを見て笑っていた。

先刻の少年とのやりとりを見ていたのか。あの少年は、この付近を根城に、復員兵や引揚者たちを狙って、偽物のタバコを売りつけているタチの悪い戦災孤児だ、と教えてくれたのである。

私は、それを聞いた時、腹立たしさよりも、言いようのない佗しさに襲われた。

この美しい祖国日本は、既にそこまで荒廃してしまったのか。——敗戦国の現実を見せつけられたようで、寒々とした気持ちになり、手にしていたその「光」を、箱ごと近くのゴミ箱に投げ捨ててしまった。

ところが、その箱の脇に立っていた一人の中年男が、その光の箱をいきなり拾い上げ、中を改めたと思うと、素早く自分のポケットに入れ、そそくさとその場を立ち去ったのである。

私は、ただただ呆然とするばかりだった。——

五、昭和天皇巡幸随行記

♪赤いリンゴに　くちびる寄せて
　だまって見ている　青い空
リンゴはなんにも　言わないけれど
　リンゴの気持ちは　よくわかる
リンゴ可愛いや　可愛いやリンゴ

歌は明るく軽やかだが、どこか物哀しさの漂う並木路子の『リンゴの唄』（サトウハチロー詞・万城目正曲）が、闇市と呼ばれたマーケット広場のスピーカーから、毎日のように流れていた昭和二十二年春、私は原爆で全市の九割近くが瓦礫の野と化してしまった広島で、いっとき、日刊工業新聞の支局記者をしていた。

私の取材先は、終戦時まで「海軍」に籍があった関係から、呉市の元海軍工廠や、中国地方の主要炭砿や生産工場などを受け持っていた。

その頃の呉の海軍工廠では、かつての帝国海軍が誇った数々の艦艇の解体作業を連日のように続けられていて、なかには名の知れた巡洋艦や駆逐艦、ハワイの真珠湾で散った同型の特殊潜航艇や特攻兵器の回天《かいてん》なども交じっていた。

「記事には私情を挟むな」と教えられていたが、青白いアセチレン・ガスの焔を無残に吹きつけられ、次々にスクラップ化されていくそれらの艦艇群の墓場を覗きながら走らせたその探訪記事の端々に、私の旧海軍への惜別の情や追慕の想いなどが、そこはかとなく加わっていたのか、当時の『GHQ』（連合国軍総司令部）の掲載許可を得た現場写真と共に掲載された『ああ、栄光消ゆ』と題した私のそのシリーズ記事が、割に好評だった。

また、日本一の海底炭砿として知られていた山口県宇部市の「沖ノ山炭砿」を取材したこともある。

頭にキャップ・ランプを装着して、その海底まで下がり、海水の雫が不気味に落ちてくる最先端の「切り羽」で実施した『片山連立内閣（当時）に物申す』と題した「黒ダイヤ戦士たちの海底本音座談会」ルポが、何回かのシリーズになって掲載され、この二つのシリーズ掲載で、思わぬ「編集局長賞」をもらった。

この記者の仕事が、どうやら自分に向いているように思いはじめていた昭和二十二年の十二月初旬、「昭和天皇の中国地方ご巡幸」が決定したのである。

局長賞のご褒美だったかもしれないが、私も幸い八十名余りの「随行記者団」の端くれに加えてもらえ、生まれて初めて、〈小豆色《あづき》〉をした「お召し列車」に同乗することが出来た。

しかし、当時の日本は、連合国軍の占領下にあったから、随行記者団の先頭は〈米・英・仏・豪〉などの外国特派員たちが占め、その次が、東京・宮内庁詰めの日本人記者団で、地方の記者たちは、その中に割り込んで取材するか、後方から従《つ》いていくしかなかった。

私は、その小豆色の「お召し列車」に同乗を許されたのを機会に、可能な限り、昭和天皇に近づき、一年前（昭和二十一年一月一日）に「人間宣言」されたばかりの天皇が、「どこで、どんなこと」を話されるのか、その時のお言葉やご表情を、自分の目と耳で、しかと確かめておきたかったのだ。

この太平洋戦争で〈学徒出陣〉をした同期たちも、フィリピンや硫黄島や沖縄などで、何千人も「特攻」や「玉砕」の名で戦死していた。その彼たちのためにも、生き残った自分が、それを伝えるのが義務のようにも思えたのである。

広島県下の「昭和天皇のご巡幸」は、大竹・宮島、広島、呉、尾道、三原、福山と続いた。沿線の各駅や道路は言うまでもなく、どんな小さな踏切や畑や畦道までも、文字通り「人、人、人」で溢れていた。

広島県民はこんなにもいたのか、と思わせるほどの溢れようであった。（発表では、百万人を超える県民が、天皇をお迎えした、とあった）

原爆ドームを望む広島市民奉迎場では、押しかけた五万人を超える市民の前で、昭和天皇はひときわ声を高められた。

「広島市の災禍に対しては、心から同情に耐えない。われわれは、この貴い犠牲を決して無駄にすることなく、平和な日本を建設し、世界の平和に貢献しなければならない」

と、右手の中折れ帽子を固く握りしめながら、メモなしで、一語一語を市民に諭されるように話しかけられたのである。

あの『堪えがたきを堪え、忍びがたきを忍び、もって万世のために太平を開かん』と言われた昭和二十年八月十五日の『玉音放送』の時と同じような、トーンの高い哀しげなお声であった。

あとで、随行官らしい一人が、「これまでの奉迎場では、陛下がお言葉を述べることなどなかった。この広島市が初めてです」と、興奮気味に記者団に話してくれた。

しかし、そのお声が個々の市民たちに話しかけられる時には、急に砕けて、例の人なつこい優しい笑顔に戻られるのだ。

『外地引揚者』と書かれた掲示標の前では、

「どこから引き揚げてきたの？……よく帰ってきたね。苦しいだろうが、どうか力を合わせて頑張ってくださいネ」

と、何度も労《いたわ》るように、優しいお言葉を重ねられるのである。

白衣姿の戦傷兵士たちが並ぶ前では、

「どこで怪我《けが》をしたの？……今も痛みますか？」と、必ず質問された。

「ハイ！　すこしは痛みますが、もう大丈夫であります！」

と、その白衣の兵士が硬くなりながら答えると、

「ア、それはよかった。どうか、ゆっくり療養をして、元気で再起してください。家族のためにも、ネ！」

と、励まされた後、天皇は、その戦傷兵士たちよりも先に、深々と頭を下げられるのである。

慌ててお辞儀を返す白衣の兵士たちの目には、涙が光るのを私は何度も見た。

また、農家の主婦らしい女性の前で足を停められると、

「田んぼの中に入る時、足が冷たくありませんか？」

と、優しく笑顔で問いかけられた。

その主婦が硬くなって、

「初めのうちは、冷たいと思いますが、働いているうちに、冷たさなど忘れてしまいます」と答えたら、

「ア、それはよかった！」

と、さも安心されたように、ニッコリされた。

また、畳の上に並んで正座をし、硬くなっている子どもたちの前に来ると、天皇は必ず足を停められた。

「坊や、いくつ?……ア、そう！　どうか元気でネ！」

と、ニッコリ笑いかけながら、一礼して立ち去ろうとした時、その子が小さな声で、「サヨナラ」と恥ずかしそうに声をかけたら、天皇は行きかけた足を再び戻してきた、

「ああ、さようなら。……坊や、立派な人になってネ！」

と、優しくそう言って、目を細められるのである。

『戦争未亡人』と書かれた掲示標の前に来ると、その笑顔が消えた。

「ご主人を戦争で亡くし、まことに気の毒に思う。どうか一日でも早く、元気を取り戻して、家族のためにも頑張ってくださいネ！」

と、温かく包み込むような口調で励まされるのである。

それらの会話を、天皇から三メートルばかりしか離れていない場所で、残らず取材しているうちに、私は胸の奥から熱いものが、何度も込みあげてきた。

そのたびに、自分も昭和天皇と同じ「日本人であることへの歓び」を全身で感じとっていたのである。


また、三原《みはら》にある大手の繊維工場を視察中の出来事であった。

特殊な精密機械群に囲まれたコンクリート床の狭い通路で足を停められ、県知事をはじめ随行官や記者たちに囲まれながら、工場長らの説明を聞かれている時であった。

作動している機械群の大騒音で、天皇への説明内容がはっきり聞きとれない後方の記者たちが、焦ったあまりに勢いつけて前に迫《せ》り出してきたから、天皇のすぐ脇で熱心に聞き耳をたてていた数人の記者たちが、心ならずも天皇にぶつかってしまったのである。

その瞬間、天皇も驚かれたが、取り巻きの随行官連中、なかでも天皇にぶつかった何人かの記者たちが、もっと慌てた。

「ア、すいません!!」「陛下、どうも申し訳ありません！」「どうも、どうも、相済みません！」——そんなことを興奮しながら、口走ったと思うが、全然、覚えていない。

じつは自分も危うく陛下に触れるところだった。

ただ、陛下が例のご柔和な笑顔で、「ア、そ！」とニッコリされたのを、辛うじて覚えている。

しかし、現場は一時「騒然」となった。

「こら！　後ろのほう、押すんじゃない！」

「すみません、後ろの方、押さないで下さい」

「こりゃ！　前に出てくるなッ！」

「静かにせんかッ!!」

怒号やら罵声やらで、それまでの厳粛だった現場の空気が、いっぺんに崩れてしまったが、天皇のお優しい笑顔は、すこしも変わらなかった。

いま、思い出しても、冷や汗が出るが、思うに、陛下はご誕生以来、他人とぶつかったことなど、一度もご体験されたことは、なかったに違いない。——と、次の瞬間であった。

突然、〈パーン！〉という鋭い破裂音が、そのすぐ先で鳴ったのである。

一人の新聞カメラマンが、その現場の狼狽《ろうばい》ぶりを撮《と》ろうとして、慌ててカメラを構えた弾みに、フラッシュ球をコンクリートの床の上に落としてしまったのだ。

「こりゃァ、おまえも静かにせんか！」「こんな時に写真なんか撮るな！　阿呆!!」

詰《なじ》るような視線と怒号が、再びそのカメラマンに集中しかけていた時、いきなり〈トーン〉の高い天皇の笑い声が上がったのである。

そして、体を硬直させて恐縮しているそのカメラマンに向かって、〈いいよ。心配しなくていいよ〉と言わんばかりに、天皇は何度も頷きながら、優しい笑顔をそのカメラマンに向けられていたのである。

私はその瞬間、〈人間天皇〉の飾らない真のお姿を、そこに見た。

不遜《ふそん》かもしれないが、私はその時の〈昭和天皇〉が堪らなく好きになったのである。

もう一つ、私が忘れられないのは、その巡幸時の天皇のご動作の中で、いきなり胸が衝かれたことがあった。

県民たちの熱いご奉迎に応えて、昭和天皇がヨレヨレになった中折れ帽子を何度も何度も上下に振りながら、お車に乗られたその直後だったが、いきなり〈ストーン〉と座席に深く腰を落とされたままのご姿勢で、いっとき俯《うつむ》かれているのである。

いかにもお疲れになっているご様子に、私には映った。

このご巡幸は、単なる昭和天皇の「地方ご旅行」ではなかったのだ。国民さえ、喜んでくれるのなら、自分の身など、すこしも厭《いと》わぬ、とご決意された昭和天皇の〈悲愴な巡礼の旅のお姿〉を、私はそこに発見したのである。

六、雪降りやまず

雪の季節になると、私は今でも広島のリミ伯母のことを思い出す。――他界してもう四十年余りにもなるが、記憶は今も鮮烈である。

その伯母は、大正五年の春、当時、米国のタコマ市で「電気工」をしていた伯父（父の実兄）と結婚して、単身海を渡った。

まもなく、一人息子の太郎が生まれた。が、その太郎が生後五か月の秋、伯父が不慮の電気事故で急死したのである。

伯母は、その夫の遺骨と太郎を抱いて、実家のある広島に戻ってきた。「みぞれ雪」の降る寒い日だったという。

その米電気会社からは、相当の見舞金が出たようで、伯母はそれを基にして、実家に近い「宇品《うじな》」に小さい家を建てたが、これからの生活や太郎の将来のことを考え、伯母は「生け花」と「茶の湯」の師匠になる決心をしたのである。

早速、幼い太郎を宇品の実家に預け、自分は東京や京都などに一年近くも滞在して、「講習」に明け暮れる日々を重ね、ついに念願の「池坊《いけのぼう》」と「裏千家」の免状を取得したのである。

そして、宇品の自宅を教室にして、三十人ほどの近所の若い女性たちが出入りするまでになったのだ。

そんな育ちのせいか、太郎も素直な母思いの子になり、勉強もよく出来た。

早稲田大学の政経学部を上位の成績で卒業すると、読売新聞社に入社し、政治部記者として、当時の東條英機首相官邸詰めになった。

昭和十七年のことで、当時、同じ早稲田に進学中だった私も、何度か彼の下宿を訪ねたが、いつ行っても、部屋や机回りもキチンと整頓されていて、自堕落な自分には、逆に居心地がよくなかった。

その太郎が、昭和十八年の春、伯母の眼鏡にかなった美恵子という二十歳になったばかりの色白な女性と結婚した。

私もその東京の新居に招かれ、張ち切れそうな体のその新妻から何度もお酌をしてもらいながら、太郎と自分の「幸せの落差」を恨めしく思ったものだった。

しかし、二人の新婚生活も長くは続かなかった。その年の暮れ、太郎が召集されて、岡山の連隊に入隊したのである。

美恵子夫人も、それをしおに、広島で伯母と同居することになった。

その彼が〈陸軍少尉〉に任官してまもなく、直属上官の特別な配慮もあったのか、故郷の〈広島連隊区司令部付〉になったのである。


久しぶりのわが家の畳だった。しかも、故郷の広島連隊区勤務である。

伯母も美恵子夫人も、再び吹いてきた「幸せな風」に浮々した思いで、その夜の食卓を囲んだに違いない。


しかし、その翌朝のことであった。——太郎が自宅からその連隊区司令部に向かおうとしていた近くの電車通りで、あの「原爆」の閃光を浴びたのである。

八月六日朝のことであった。

しかし、太郎はその時の「爆風」で、近くの畠に飛ばされはしたが、不思議に掠り傷程度しか負わなかった。

幸い近くにあった陸軍病院で傷の手当てを受けたが、目指す司令部の中心地区は既に大火災を起こしており、その紅蓮の熱風で到底進める状態ではなかった。

その病院の庭にも、裂けたモンペの裾を引きずりながら泣き喚く女学生たちや、広場に放心したように座り込んだ血だらけの女性などで〈地獄絵〉のような惨状だった。

そんな中で、太郎は、早朝から〈広島中心地区の住宅取り壊し作業〉の手伝いに、隣組の人たちと出掛けた妻の美恵子の安否が気がかりになり、急拵えの救護所を何か所か回ったり、堤や道端に転がっている屍体のあいだまでも覗いて歩いたが、妻の姿はどこにもなく、その日の午後遅く、本通りから外れた路地の小さな医院の廊下に寝かされていた重傷で口も利けない美恵子の姿をやっと発見したのである。

「おい、美恵子、おれだ、太郎だ、太郎だ、おい、分かるか、美恵子、美恵子……」と言いながら、太郎が強く肩を揺すると、包帯顔がやっと目を開け、夫の顔が分かったように、笑顔が浮かびかけたが、再びその瞼を閉じてしまったのだ。

そして夜遅く、駈けつけてきた伯母と夫の手に握られながら、静かに息を引き取ってしまったのである。

そして太郎だが、その後、あの「黒い雨」に濡れたのが災いしたのか、急激に白血球が下りはじめ、高熱や嘔吐まで加わってきて、九月五日彼も、ついに他界してしまったのである。

そして、最後の苦しい息の中で、太郎は伯母にこう言い残したという。

「おっかさん、一人残してごめんよ。でも、気を強く持って、ぼくたちの分まで長生きしろよ」と。――

その翌年の二月末、中国の上海から復員してきた私の前で、伯母はこう言って泣き崩れたのである。みぞれ雪が降りつづく寒い朝であった。

そして、昭和五十三年秋、心臓を弱めて入院していたその伯母を見舞った時のことであった。

「近ごろ、太郎がよく夢に出てきてね。おっかさん、もうええじゃろう。早よう、こっちへ来んさい、て言うんよ」

と、八十九歳の伯母は、こう言って、うれしそうな表情をするのだ。

そして、その太郎の言葉に従うように、十二月に入った「みぞれ雪の降る寒い朝」ついに息を引き取ったのである。

多分、その早朝の「雪雲」に乗って、いそいそと、伯母は太郎たちの傍《もと》へ急いだのではなかろうか。――

七、マカッサルの男

酒が入ると、決まってインドネシアの代表的な民謡の一つである『ブンガワン・ソロ』を現地語で歌い出す男がいた。

Bengawan Solo
Riwaya tmu ini
Sedaridulu Jadi
Perhatian Insani
Musim Kemarau
Takberapa Airmu
Dimusim hujan nanti
Meluap Sampai Jauh
…………

私は、その現地語が分からないので、その男から、今までも何十回となく聞かされてきたが、今もって覚えきれない。

その原語の意味は、〈ブンガワン・ソロ　変わらぬその流れよ　岸辺には大ぜいの農民が住みつき、日照りには水が涸《か》れるが　雨季には豊かな流れとなって　遥かな海へと注がれてゆく……〉と、これもその男から教わった。

ゆったりとした伸びやかなそのメロディは、戦時下の日本でも、歌手の松田トシが、〈果てしなき流れに　遠き昔を偲ばん……〉と日本語で唱っていたので、覚えておられる方も多いと思うが、「これは現地語でなければ、ソロ川の伸びやかな流れのイメージは浮かんでこない」と、いつも男は言う。


じつは、その男というのは、私の十歳年上の次兄で、四人の男兄弟の中でも、いちばん風変わりで、男の匂いがプンプンする快男子だった。

すこし、わが家のことに触れさせてもらうが、私たちの父は、明治の半ばから敗戦の年まで、台湾の総督府鉄道部に勤めていた典型的な明治男で、頑固で締まり屋。一度決めたら、絶対に自分の主張を変えようとしない一徹者だった。

次兄は、台北の商業学校を卒えると、そんなわが家の堅苦しい環境から逃れるように、サッサと東シナ海を渡り、横浜の木村コーヒー店（現在のＫＥＹ　ＣＯＦＦＥＥ）に就職したが、南海の楽園に憧れて、何か月後かに南洋協会の実習生試験に合格し、昭和七年の夏、ジャワ島（現在のインドネシア）のスラバヤに渡っていった。

しかし、昭和四年から始まった世界恐慌のあおりを受けて、毎日、現地人と一緒に、炎天下での珈琲の苗木の植えつけから、三、四年目の豆の摘み採りまで、文字通り汗の乾く暇もなかった。

半ば後悔の日々が続き、故郷の「台湾」がそぞろ恋しくなりはじめていた時、その台湾の長兄から、「台北市内の目抜き通りで、本格的な珈琲専門店を共同経営しないか」という跳び上がらんばかりの誘いの手紙が舞い込んだのである。

その内容は、「昭和十一年夏、ドイツのベルリンでオリンピックが開催されるのを機に、二人で珈琲専門店を繁華街に開きたい。珈琲の直輸入と焙煎・挽き売りのほうは、おまえのスラバヤでの経験を活かし、自分は喫茶店のほうを受け持つ」というものだった。

その当時、長兄も「全国都市対抗野球」では一応、名の通った「台湾鉄道部チーム」のレギュラー選手だったが、そろそろ力の限界を感じはじめていたのと、鉄道部での日頃の机上勤務が自分の性格にあまり合わなかったようである。

手紙を受け取った次兄は、小躍りする思いで、サッサと現地の貿易商社に辞表を出し、四年ぶりに故郷の台北へ戻ってきたのだ。

やがて訪れた昭和十一年夏の「第11回・ベルリン・オリンピック大会」が、ドイツのヒットラー総統の「開会宣言」の下に、全世界から集まった各国選手団とスタンドの大歓声の中で、華々しく開催された。

あの「前畑がんばれ！」（二百メートル女子平泳ぎ決勝で優勝した日本の前畑秀子選手）というNHKの河西《かさい》アナウンサーの絶叫中継が日本全国の茶の間に流れたあの大会だった。

長兄と次兄の『純喫茶・珈琲のオリンピア』の開店も、その開会式当日に合わせ、『ベルリンでオリンピックの聖火燃える時、ここ台湾の島都・台北でも、本格的な珈琲喫茶・オリンピアの華々しい開幕です!!』という次兄文案の宣伝チラシ（三万枚）を、複葉の民間機に積み込み、快晴の空から爆音を轟かせながら、台北市内全域に撒布したのである。

さらに、『珈琲のオリンピア』が話題をつくったのは、次兄が考案した「冷珈琲」の掩れ方だった。

一般の掩れ方は、細長い透明なグラスに珈琲を注ぎ、次に氷片とシロップを、好みでクリームを少々、程度だが、「オリンピアの冷珈琲」は、氷片なしの冷えきった珈琲を、シェーカーで思いきり泡立て、それをビールの中、小ジョッキに並々と注いで提供するもので、メニュー名も「泡立て冷珈琲」とした。

これは、次兄がスラバヤでオランダ人たちが、ビール代わりにそんな飲み方をしていたのを、ヒントにしたものだった。

この「オリンピアの冷珈琲」が評判になり、『ユニークな台北の冷珈琲！』として、東京の

「文藝春秋誌」などにも紹介された。

ところが、「好事魔多し」というか、広島の実家で病気療養中だった長兄の妻（私たちの義姉）が急逝したのである。

失意の長兄は、その珈琲店の経営を全て次兄に托し、本人は新天地を求めて、中国の上海に旅立ってしまった。

しかし、同じ頃、その次兄にも思わぬ難題が持ち上がっていたのだ。

そのオリンピア店には、三人のウエイトレスがいたが、その中でも一と際目立つ映画女優の原節子に似た美少女がいた。

十九歳になる横浜の女性だったが、その父親がクリスチャンで、名の通った書道家でもあったが、気難しく、その堅苦しい環境から逃れて、自由な植民地の台北で愉しく働いていたところへ、横浜の縁戚の男が、彼女を連れ戻しにやってきたのである。

彼女から相談を受けた次兄は、日頃からその女性に密かな好意を寄せていたから、早速、店の常連の一人である新聞記者の家に匿《かく》まってもらい、次兄が彼女の食事を十日近くもセッセと運び続け、辛うじて彼女の急難を救ってやったのである。

この「優しい男の俠気」が、いかにも次兄らしい。

ところが一難去ってホッとする間もなく、その次兄に、突然、台北の陸軍連隊から「召集令状」が舞い込んだのである。

そのため、既に次兄と同居していたその横浜の女性に、店の一切の責任を託し、それを私たちの父が監督するという形をとった。

次兄はまもなく、機関銃隊の一兵卒として中国の「広東《かんとん》作戦」などに参加したが、あいにく負傷し、台北の陸軍病院に護送されてきた。

その翌年の一月、病院の許しを得て、父の家で、その彼女と正式に祝言を挙げたが、新しい義姉の彼女は、馴れぬ喫茶店の経営や、使っていた台湾人のコックたちへの心配りなどの気疲れからか、見るみる痩せはじめ、一年後には肋膜炎も発症して、父の勧めで横浜の実家でしばらく療養していたが、昭和十四年の秋、遂に帰らぬ人となったのである。

彼女の遺骨は、遺言通りに台北の日本人墓地にある「岡本家の墓」に納められたが、その納骨の日、再び傷痍軍人で戦地から送還されていた次兄が、「白衣服姿」で加わり、その墓石を抱きながら号泣していたのを、私は今でも覚えている。

その次兄は、まもなく傷も癒えて除隊となり、再びオリンピアの経営者として働きはじめたが、ある日、店の常連で軍隊も一緒だったYという新聞記者から妙な依頼を受けた。

「今、おまえが親しくしている駅前通りの旅館に『挙動の怪しい坊主』が泊まっている。少し調べたいので、その隣の部屋をおまえの顔で取ってもらえないか」と言うのである。

やはり、その記者の勘は当たっていた。その坊主の恰好をしていた男は、海軍特務機関の隊長で、台湾から六人の元気な青年を捜しに来島していることが分かったのだ。

そのY記者は早速志願し、次兄にも参加を勧めた。というより、その記者が、ジャワ語に精通している次兄のことを、既にその隊長に耳打ちしていたのである。

その翌年の一月、次兄は台北の海軍司令部から呼び出しを受けた。

驚いたことには、次兄のスラバヤでの過去の行跡までも、すっかり調べ上げていたという。

次兄も早速、志願した。というのは、当時、台湾から出動した陸軍部隊が中国戦線で大敗し、その兵力増強のため、次兄たちも再召集の惧れが多分にあったからである。

父にその事情を打ち明けると、明治気質の父は、「よし、女房と店は、わしが面倒をみる。安心して特務機関でご奉公して来い」と言って、珍しく次兄の肩を叩いたという。

その女房のことだが、次兄はその頃、「ミス・総督府」の噂の高かった美人秘書と再婚したばかりだった。

また、その結婚までの成りゆきが、いかにも次兄らしい。

二人の結婚に強く反対していた彼女の両親の家（実は、オリンピア店の隣だった）から、夜陰に乗じて、その隣家の二階の手摺《てす》りに、こっそりと梯子《はしご》を架け、彼女を連れ出して、二人で逃げたのである。

本人同士は「想思想愛」だから、「略奪」でも「拉致」でもない。言うなれば「夜逃げ婚」といったところか。

それにしても、次兄の行動は、いつも大胆で果敢。発想がいつも突飛であった。

しかも、どういう理由《わけ》か、美女ばかりが次兄に好意を寄せてくるのだ。

男は、容貌でなく決断と行動力。それに優しさと俠気がどうも決め手か？

その次兄が台湾を離れ、ホームレスのような不精髭の風態で上京してきたのは、昭和十七年の五月だった。

当時、早稲田大の学生だった私に、「東京駅の中央口まで出迎えろ」という電報で、その時刻に改札口傍で待っていると、カーキ色の汚れた国防服を着た不精髭の男が、盛んに人波の中から手を振るので、やっと次兄だと分かった具合だった。

そして、「今から四谷《よつや》の山王《さんのう》ホテルに出頭せにゃいかん。おまえも同行しろ」と言うので、二人でタクシーに乗った。

その「山王ホテル」というのは、昭和十一年の「二・二六事件」で、陸軍の叛乱部隊が「昭和維新」を叫んで立てこもったあのホテルだった。

玄関入口に胡散《うさん》臭い背広の男が立っていて、次兄が用件を告げると、「おお、ご苦労！ ×号室へ行け」と指示した。

私も次兄に続こうとすると、「こらッ！ 学生は入ることはならん!! ここで待ってろ！」と怒鳴られ、一階のフロアーの椅子に座っているしかなかった。

小一時間ほど待っただろうか。出てきた次兄は明らかに興奮していた。

「明朝、九時までに、鎌倉・材木座の尊皇塾へ行け。それまで時間をやるから、弟と最後の別・

れをして来い」と言われたらしく、新品の小型トランクに、真新しい札束をギッシリ詰め込んでくれた、というのだ。

二人は、その札束で、銀座や新宿の裏通りにある怪しげなカフェーなどで、昼間から梯子酒《はしござけ》をして回り、夜遅く新宿・柏木《かしわぎ》にある私の下宿に帰り着いたが、翌朝の食事時、下宿の主人（都新聞記者）と南方の話になり、所望されて唄った歌が、例の『ブンガワン・ソロ』だった。

私も、ゆったりとしたそのメロディを脇で聴きながら、これが次兄とのこの世の別れになるような気がしてきて、その日の講義も休み、鎌倉の海岸まで同行して、手を強く握り合って別れた。

ところが、その三か月後、六人の台湾組は、何事もなかったように、無傷で台湾へ戻ってきたのである。

その「鳳機関《おおどり》」というのは、ジャワ・スラバヤでの宣撫活動が主任務の筈であったが、それは名目で、実際は全員が原住民に化けて、オーストラリアの北岸に密かに上陸し、集結中の米軍大部隊の情勢を探り出す、という極めて危険な任務だったことが分かり、その無謀な計画を巡って、隊長との大口論の挙句、「おれが信用出来ない奴は、帰れ!!」という隊長の一喝で、台湾組の全員は、サッサと荷物をまとめ、台湾寄港の病院船に便乗して引き揚げてきた、という訳だった。

こうして、「海軍特務機関」の仕事は、呆っ気なく終わったが、何年か振りに見たジャワの風景が、次兄の心を強く捉えたのである。

熱帯樹の枝に並んで留《と》まっていた赤や緑の羽根のインコたち。火炎樹の燃えるような緋色に染まった並木道。甘い香りのプルメリアの紅白の花々。そこには、昔と同じ褐色の肌をしたジャワの民衆たちが、懐かしい現地語を交わしながら愉しそうに暮らしていたのだ。

次兄は、もうジッとしておれなかった。早速、ジャワ語が話せるという触《ふ》れこみで、台湾拓殖という国策会社に入社し、「マカッサル出張所主任」の肩書きで再び念願のセレベス島に赴任したのである。

そして、先ず手をつけたのが、千八百ヘクタールの牧場地建設と、そこに牛八百頭、緬羊五百匹、山羊六百匹の放牧であった。

さらに、前牧場主だったスイス人の家を接収して、そこに三十人の牧童たちと一緒に住み込んだのだ。

その牧童の一人に、野性馬の扱い方が天才的なバチヨという名の十三歳の少年がいた。

その少年は、裸馬の首の付け根に跨《また》がり、タテガミを左手に巻きつけて、草原を疾走しながら、ジャングルに棲息している野性馬を口笛ひとつで誘《おび》き出し、柵の中に追い込んで、乗用馬にしてしまう、という特技を持っていた。

次兄は、自分の食事の世話もしてくれるこのバチヨ少年を特に可愛がり、またこの少年から野性馬を乗りこなす手ほどきも受けて、自分自身も草原を疾走するまでになった。

さらに次兄は、この土地に子どもたちの学校を設け、ジャワ島から百世帯ほどの農民も移住させ、「畜農と稲作」の増産計画までも立てたのである。

牧童たちは、この土地を「カンポン・オカモト」（オカモト村）と呼ぶまでになり、全てが順調に推移していった。

夕暮れには、決まって牧童たちと「酒と歌」とに興じ、『ブンガワン・ソロ』や『トゥラン・ブーラン』（月の明かり）という〈月光が静かに射しこむ夜景の歌〉などを、牧童たちと肩を組みながら、大声で合唱する日々が続くようになった。

ところが、戦局が急速に悪化しはじめ、昭和十九年春には、「制空・制海権」ともに米軍の手中に移ってしまったのだ。

「B29」を主力とする百機を超える米軍機の大編隊による爆撃や、その地響きに驚いた牧場の牛馬や羊たちが、ジャングルの奥地に逃げはじめたため、現地の海軍軍需部への牛・羊の肉や乳の納入さえも事欠く有様となり、次兄たちは、已むなく遥かなバリ島の工場から生豚やハム、ベーコンなどの加工食品類を、すぐにも補充する必要に迫られたのである。

次兄は、急拠、屈強な船員を十数人選び、ベテランの船長らと共に、密かに深夜のマカッサル港を出帆したが、皮肉にもその二日目の夜、熱帯特有の台風に遭遇し、帆柱は折れ、肝心な錨までが切れて、船は嵐の海を、木の葉のように漂流し続けた。

そして三日目の朝、台風はウソのように去り、次兄と船員たちは、ただ無言のまま、船底に転がったままだった。

その時、遥かな島影の方角から、十隻ほどの小舟が近づいてくると、お互いのロープをその破船の舳先《へさき》に結びつけ、自分たちの島へと曳航してくれたのである。

その島は、セレベス島とボルネオ島との中ほどにある三百人ばかりが住む漁民の小島で、村長らしい老人が、「この島に来た外国人はあなたが初めてだ」と言って、その夜は「歌と踊り」で慰労してくれたばかりか、その翌日「島民の舟」でその破船を修理港まで曳航してくれ、次兄はその老村長が、カヌーで三時間近くもかけて、マカッサルの港まで届けてくれたのである。

やがて、日本の敗戦――次兄は現地の収容所から米艦に乗せられ、両親の生まれ故郷でもある広島に引き揚げてきた。

そこで、先に台湾から引き揚げていた美人妻たちと感激の再会をしたが、原爆でその九割が瓦礫と化した広島での無一文からの出発は、文字通り厳しかった。

次兄夫婦は、早速、中央の闇マーケットで化粧品のセールスなどを始めたが、次兄は、やはり森や広大な原野が落ち着くとみえて、早々に、広島・鈴ヶ峯に出来たゴルフ場の管理人の仕事を見つけ、それを皮切りに、宇部、福岡、呉などのカントリー・クラブの支配人を続け、昭和五十五年の春、やっと「フリー」になったのである。

その間に、二人の息子を大学まで出したが、昭和四十七年六月には、あの台北の夜、二階の手摺りに梯子を架けて、一緒に夜逃げまでした最愛の妻にも先立たれ、以後、心なしか孤愁の色が濃く漂うようになった。

気がつけば、古稀の影がすぐ傍まで忍び寄っていた。日々、愛犬との散歩以外にすることもなく、昼からの独酌で、思い出すのは過ぎし日のジャワの風物のあれこれ。

とりわけ、マカッサルでの懐かしい出来事だった。

「あのバチヨは、今も元気でいるだろうか。カンポン・オカモトは、その後、どうなっているだろうか」――若かった日の情熱は、今も自分の体のどこかに、まだ残っているような気がする。

〈よし！　あのマカッサルへもう一度、行ってみよう!!〉と、次兄は急に背すじを伸ばしたのだ。

そして、昭和五十五年の九月、次兄は、あの想い出の牧場へと旅立ったのである。

マカッサルの街から、ジープに揺られて約三時間――あの牧場と覚しき村落に辿りついた。入口の石の上に、一人の老人が座っていた。次兄が、バチヨのことを訊ねると、「ああ、バチヨか。あいつは今も元気だ」と言って、気安く立ち上がり、捜してきてくれたのである。

三十八年ぶりの再会だった。

あのバチヨが、「おお、トワン・オカモト!!」と叫びながら走り寄り、次兄の体に力いっぱい抱きついてきたのだ。

二人は、いつまでも興奮しながら喋りつづけ、懐かしい椰子酒に酔いながら、大声で『ブンガワン・ソロ』や、「ノーニヤ　マーニ　シャパ　ヤンプーナ！……」などなど、肩を抱き合いながら歌いつづけた。

こうして、次兄のマカッサルやトラジャ訪問やセレベスへの旅は、二度、三度と回を重ねたが、次兄がどうしても訪ねたかったのは、あの自分たちの命を救ってくれた「ナンカイ島」とか言った椰子の小島だった。

広島市のインドネシア協会を通じて知り合った当時の広島大学留学生だったアブドル・ラザック・ダトウ氏（現・マカッサル大学教授）に、現地の地図にも載っていないその小島の調査を依頼していたところ、「それは、ナカイ島といって、周囲が二キロたらずの小島だ」という吉報が届いたのである。

次兄は早速、「カップ・ラーメン」や、子どもたちへの「文房具用品」などを、しこたま買い込み、旅の準備をはじめた。

このことは、地元の中国新聞にも、「四十四年ぶりの恩返しの旅」という見出しで、詳しく報じられた。

その旅の模様を、次兄から送られてきた手記の中から、すこし拾ってみよう。

〈今の村長は、先代の息子で、体は小柄だが、真っ黒に日焼けしたいかにも海の男といった感じだった。

自分が遭難した当時は、十二歳ぐらいだったが、その時のことをよく覚えてくれていた。

懐かしそうに、私の手を握りながら微笑するのだ。その笑顔のなんと優しいことか。

やがて、村長の指差す方角に、椰子林を頭に被った小島が浮かんでいた。これが、ナカイ島だったのだ。

船は、沖合二百メートルで、エンジンを停め、あとはゆっくりと棹を押しながら進んでいった。

五十センチほどの浅瀬で藻が揺らぎ、透明な海底を青い熱帯魚がスイスイと泳いでいく。

四十四年前、この浅瀬で無数の熱帯魚に慰められ、「おれは生きていたんだ」という感動に涙を流しながら歩いていたことを思い出した。

そして、今も何故か、涙がにじむのだ。

ラザックが、そっと自分の肩を叩いてくれた。

砂浜には藁葺きの家が並んでいたが、人の気配がない。だが、自分が砂浜に跳び降り、歩きはじめたら、途端にその家々の裏側から、ゾロゾロと島民が出てきて、忽ち私たちを取り巻いたのだ。

二百人近くいただろうか、島の人口は、三百人位だとのことだったから、その殆どの島民が自分たちを迎えに出てくれたのである。そして、全員が村長の家になだれ込み、私たちから離れようともしない。みんな明るい笑顔だった。

やがて、その村長宅の大広間で、ラザックが、現地語のブギス語で、私たちがこの島を訪れた訳を話しだした。みんなが、その話にうなずきはじめた。

続いて、私がインドネシア語で、「お礼」の言葉を述べたが、途中で胸が詰まってしまい、最後の「トリマカシバニア！」（ほんとうに、ありがとう）と言った途端に、その場に崩れてしまったのである。

大きな拍手が、しばらく鳴り止まなかった。気がついたら、ラザックの手が、自分の背中の上に重なっていた〉

この手記と一緒に、次兄の短い手紙が同封されていた。

〈やりたいことは、すべて終えた。もう思い残すことは何もない。あとは、飲んで、インドネシアの歌でもうたっておれば、わが心は天国！〉

と書かれていた。

そして、その手紙から五か月目の五月十八日朝、次兄は自分のベッドの上で、悠々と大往生をしたのである。

同居の長男家族の誰もが気付かぬままの、見事な「男の終局」であった。

しかも、その前夜、いつものように酒に酔い、息子たちと得意の『ブンガワン・ソロ』や

『トウラン・ブーラン』（月の明かり）という静かな「月夜の歌」を、目を瞑《つむ》りながら口ずさんでいた、というから、次兄は全身「マカッサルの男」であった。

八、日本のゴッホ蹴る

私が、その男に会ったのは、昭和二十八年秋のことで、場所は北九州市の旧小倉駅（現在の高層駅より約六百メートルほど西寄りにあった木造平屋駅）の待合室の中でだった。

当時、まだ独身だった私は、勤め先から電車と足で三十分余りかかる街外れに間借りをしていたが、酒が入ると、その家が不思議に遠のき、門限の十二時を過ぎることもしばしばだった。

その夜も、安酒を飲ませる屋台通りを何軒か漂っているうちに、終電車にも乗り遅れ、仕方なく、近くの小倉駅の待合室で朝の始発を待つことにした。

そのくらいの時刻になると、さすがに広い待合室も満員の盛況で、早期の列車待ちの旅行客（小倉駅は鹿児島本線と日豊本線の乗換駅）のほかに、自分たちのような終電車乗り遅れ組や家出人のホームレスなども加えて、三十脚近い備えつけの長椅子もすべて埋まり、おまけにタバコの煙や酒臭いムッとくる人いきれに饐《す》えた臭いまでが充満していた。

しばらくして、ようやく私の目もその薄暗がりに慣れてくると、漆喰《しっくい》の壁に沿って長く伸びていた板張りのいちばん奥まった場所に、おとな一人の腰がやっと入れそうな隙間を見つけた。

私は急いでその場に回り、自分の尻を強引に押し込んだ。これを逃《のが》したら、朝の電車まで薄汚れた漆喰壁にでも凭れて、立ったままの姿勢で眠るしかなかったのである。

気がつくと、自分の左腿《もも》に、隣で横になっていた男の馬鹿でかい泥足がくっついていた。おまけに、黒っぽい着物の裾が乱れて、脂の回った太腿が覗き、下着は何も着けていなかった。

こんな恰好で寒くはないのだろうか、と横目で余計な心配をしていたら、その男の図体がグラリと揺れて、横向きになった。すると、男の体と漆喰壁の間に、細長い空間が出来たのである。

今だ、と私はその細長い隙間に自分の足腰を強引に突っ込み、無理矢理、板張りの上に横になった。

これで、やっと今夜の寝座（？）は確保した。どうやら、朝までの数時間をゆっくり眠れそうであった。

やれやれ、とひと息ついているうちに、酔いの疲れも加わって、いつのまにか私は寝入ってしまったのである。

それから、どれだけ時間が経ったものか。――いきなり「ドスッ！」という重たい物音がしたので思わず目を開けると、今まで盛んに寝息をたてていた筈のその着物男が、私の目前のコンクリートの地べたに座り、トドのような情ない顔付きで私を見ていたのである。

私も慌てて起き上がり、両足を縮めながら座り直しているうちに、事の仔細《しさい》がすこしずつ分かってきた。

つまり、漆喰壁とその男との隙間に、強引に割り込んだ私の下半身が、やがて窮屈さに耐えかねて、男の寝座の大半を占領してしまったから、それまで斜めに余儀なくされて寝ていたその男の体が急速に安定性を失い、遂にコンクリートの地べたに転落してしまった、という訳であった。

「ああ、これはどうも!……」

と、私は急いで男に謝まった。この待合室に遅れてやってきたのは、こっちのほうだから、自分から素直に詫びながら両足を引っこめ、彼のために、元のスペースに近いぐらいの隙間をつくってやったが、着物男はそれでも不満らしく、両手をいっぱいに拡げながら、自分の寝座の長さを、口ごもりながら主張するのである。

私も、ついに面倒くさくなって、こんな折衷案を出した。

「それじゃ、こうしようじゃないの。お互いが足を割りこませて寝ましょうや。ね、そうしましょ。あなたも、どうぞ足をこっちへ伸ばしてちょうだい」(結局は、元と同じ体勢になるのだが)

そう言い終わると、まだコンクリートの地べたで仏頂面をしていたその男を残して、私だけサッサと横になった。

勿論、自分の下半身は壁側に寄り、着物男のために細長い空間をつくってあげたのだが、じつはこれが悪かった。

時刻は既に明け方に近かったが、突然、私の頭の中を閃光が走り、何かが炸裂したような衝撃と烈痛が私の全身を突き抜けたのである。

針で刺されたようなその痛みは、どうも自分の股間のあたりに集中していた。急いで頭を擡《もた》げると、私の股間の上に、なんとその男の象のようなドロ足が乗っかっていたのだ。

「コノヤ、ロ、ウ。お、お、おい！」

言葉にならぬどころか、しばらく息もつけなかった。そのデカ足を除けるのが精いっぱいで、私は間をおかずに襲ってくるその激痛に、ただジーッと耐えているしかなかったのだ。

そうしているうちに、痛みが少しずつ引き潮のように遠のきだすと、こんどは逆に怒りがこみ上げてきた。

「お、おい。起きろ！　こらッ。人の急所を、な、なんだって蹴《け》りやがった！　こ、こら、起きろ！」

しかし男は、応えるどころか、逆に鼾《いびき》が高くなるばかり。しかも、私の声が大き過ぎたのか、向かい側の長椅子に横になっていた不精髭の男までが、頭を起こして私を睨《にら》みつけたのである。

私は、いっぺんに「負け犬」のような惨めな立場に追い込まれてしまった。

そして、ひたすら、汚れた壁と向き合いながら、疼《うず》きがまだ続いている股間に手をおいて、ただ神妙に目を閉じているしかなかったのである。

やがて、始発の電車が動き出し、私が重たい頭を上げた時には、既にその着物男の姿はどこにもなかった。

私も早々に起き上がり、悪夢から逃れるようにして待合室から退散した。

歩きながら、何となく自分の股間がギコチなく、二、三回跳ねてみたが、痛みが戻りそうなので途中で止《や》めてしまった。

やがて、年が改まり、昭和二十九年正月の松飾りもとれてまもない朝のことだった。

私が何気なく拡げた朝日新聞朝刊の一面トップに、こんな大活字が躍っていたのだ。

〈鹿児島にいた日本のゴッホ！　見つかった放浪の天才画家・山下清！〉——さらに関連記事がそのページの全面を埋め、その記事の間に挟まって、「黒絣《くろがすり》の着物にヘコ帯を巻き、リュックを背負った丸坊主の男」が眩しそうな顔付きで突っ立っている写真が載っていたのである。

「ほう、この男が放浪の天才画家なのか」と、しばらくその着物男の顔写真を眺めているうちに、〈？……この男、どこかで会ったような……〉という気がしてきた瞬間、つい二か月ばかり前の小倉駅待合室で、コンクリートの地べたに座り込み、トドのような情ない顔を自分に向けていたあの時の男の顔が、その写真の上に被さってきたのである。

「あ、あいつだ！　あの着物野郎だ!!」

私は、もう少しで声をたてるところだった。あの男が、放浪画家の山下清だったのか！——

私はオロオロしながら、その新聞記事を追いはじめた。

〈昭和26年夏に突然家出した放浪の天才画家の山下清君（31）は鹿児島にいた。10日正午頃、一高校生が帰宅途中に、近所の子どもたちにからかわれていたルンペン風の男を発見し、新聞に出ていたあの山下君に風体がそっくりなので、「あなた、山下さんではありませんか」と尋ねたら、「よく知ってるねえ。そうだよ」と、どもり気味で答えた、というのだ。この話を聞いた朝日新聞の販売店主が鹿児島支局に早速連絡し、支局で確認した結果、彼に間違いないと確認した。〉

とあり、その横に、男の「放浪手記」なるものも載っていた。

〈ぼくは八幡学園にいる時から、暖かくなると飛び出すクセがあった。そして、かねてから同園で画を描く生活と、人からものをもらって暮らすルンペンとどっちがいいか考えた。どちらも苦しいし、また楽しいことがあり、五分五分だが、ルンペンの方が気楽でかわったものを見たり聞いたりできると思った。そして、一日三、四里歩いては、駅の待合室やお寺で寝ることにしている。しかし、仲間が満員で困ることも多い。昨年も11月はじめに九州に来た。小倉、別府、大分を経て宮崎についたのが12月はじめ。ここで10日間ほどブラブラして、鹿児島には12月30日に桜島から船で来た。〉

やはり、あの夜の着物男に間違いなかった。

「あの野郎、人の急所まで蹴《け》りやがって」と、私はその新聞の写真顔を何度も見直したり、記事を読み返しているうちに、不思議に、怒りよりも「同宿の仲間意識」というやつか、この山下清という男に妙な懐かしさみたいなものを感じはじめたのである。

さらに、その新聞は、続報として、

〈数日後、鹿児島まで迎えにきた実弟に連れられて、十二歳から住んでいたという千葉の八幡学園（精薄養護施設）に連れ戻され、二年半前からの家出以来、空白になっていた貼り絵の制作に再び取りかかった。〉

とあった。

たまたま、その頃、東京の丸善で、ゴッホの「生誕百年記念展」が開かれていたが、山下清がそのゴッホの作品に似ているというので、「日本のゴッホ」と書きたてられていたのだが、当の本人は、「ゴッホ？　そんな人、ボク知らないよ」とまったく関心を示さなかったというのだ。――

その後、彼は「桜島」や「草津温泉の野天風呂」などの貼り絵を次々に完成させ、「長岡の花火」という秀作も含めて『作品集』を刊行した。

さらに、彼のユニークな『放浪日記集』も何度か版を重ね、「天才画家・山下清」の名は忽ち全国にブームを巻き起こす騒ぎにまでなった。

加えて、名優の小林桂樹主演で映画化された『裸の大将』（東宝）が、異常なまでの話題を呼び、ついに彼は「時代の寵児」になってしまったのである。

私も、小倉駅での一件以来、「同宿の誼《よしみ》」というか、「寝座を奪いあった懐かしい仲間」の一人として、彼に強い関心を持つようになり、すこし高価だったが、『山下清の貼り絵作品集』を早速購入したが、その貼り絵の異常な精密さと鮮烈な描写力、さらに透明なその美しさに、正直、舌を巻いたのである。

また、伝えられるところによると、彼は放浪の時は一片のメモもスケッチもせずに、旅先で摑んだ頭の中の風景を、その驚くべき記憶力で、後日与えられた画用紙の上に、ひたすら休みもとらずに再構築していくのだという。

自分たち凡人には、到底及ばない「特異な才能の持ち主」であった。

私が特に好きなのは、与えられた原稿用紙に、罫線に沿って寸分の空白も残さずに、「ので」と「なので」の接続詞を使って、二ページの殆どにもわたり、自分の心の動くままにギッシリと綴るあの魅力たっぷりの文章であった。

「同宿の誼」で、少しばかり披露させていただくと、昭和二十八年十月、というから、二人が小倉駅で寝座争いをした時から一か月ほど前、彼が「須磨《すま》の海」で泳いだ日のことである。

(水に溺れかけた時の事)——手足の動き方がにぶいので急に海の中へもぐりかかった　水に溺れたら命はないと思ってむちゅうになって足を動かして　およごうとしてもだんだん海の中

へもぐってしまうだけでした
この時は生まれてはじめて一番こわい思いをした　もう助からないな　もう命はないな　死にたくはないと思っていても　だんだん海の中へもぐってしまうので　自分の思うようにはいかない　助からなければ　どうしても死んでしまうので　死んでからの先の世の中のことはわからないので　死んでからいい事がくるか　悪い事がくるか　死んで生きかえって見なければわからない　死ぬのが何よりも一番おそろしいので　海の底へもぐっても　たすかるように考えながら　手足をむちゅうになって動かして見た　海の水がたくさん口の中へ入っているから苦しくて苦しくて　どうしてもがまんが出来なくなってしまって　死にたくはないと思っても　どうしても苦しくなって　だんだんと死にかかって行くので　もうこれで死んだなと思った――（『裸の大将放浪記』ノーベル書房）

何という「素直でユニーク」な、いかにも山下清らしい文章であろうか。誰に見せるでもなく、心の赴くままに、自由気ままに「ひとり旅」を愉しんでいる彼の本音が、そのまま文章の上で躍っている感じではないか。

彼にとって、世の名声など、どうでもよかったのである。ただ、世間がそれを抛っておけなかっただけなのだ。

昭和三十一年頃から、『放浪の天才画家・山下清展』という題名の展覧会が「東京・大丸」

を皮切りに、全国の著名百貨店で次々に開催され、どこの開場も、一日平均数万人というこの種の展覧会では想像もつかぬほどの観客が押しかけ、怪我人まで出る騒ぎにまでなった。

そして数年後には、ゴッホ研究家の式場隆三郎氏らと一緒に、ヨーロッパへのスケッチ旅行に出かけ、五十点以上の水彩画や貼り絵を描いたり、また「東海道五十三次」の風景を彼独特のマジックペン描法で仕上げたりしていたが、昭和四十六年の七月、突然の脳出血で、ついに二度と戻らぬホントの「ひとり旅」に出発してしまったのである。

まだ、四十九歳という若さだった。昭和二十九年一月、九州の鹿児島市内で発見されてから十七年――彼は常に世間の目に晒《さ》され、窮屈で制約された生活を余儀なくされてしまったが、彼のどの絵にも、どの手記にも、彼独特の気ままで自由な「放浪の愉しさ」が溢れていた。

彼が、家族に残した最後の言葉も、「さあ、今年の花火見物は、どこに行こうかなァ」だったというから、山下清という男は、〈やはり野におけレンゲ草〉だったのである。

九、素顔の松本清張

私が「松本清張逝去」のことを知ったのは、新聞社以来の友人だった「吉田満」という男からの電話でだった。

平成四年の八月五日早朝だったが、清張さんが喪くなったのは、「昨夜の午後十一時十四分だった」という。

その四日夜は、清張さんの故郷《ふるさと》でもあった北九州市は、奇しくも「台風九号」に見舞われていた。

幸い、その中心が大きく外《そ》れていたため、「雨台風」で終わったが、それでも私が住んでいた小倉の足立《あだち》山麓は、山からの吹き下ろしをまともに受けて、わが家の狭い庭に珍しく咲きそろった十本ばかりのメキシコ・ヒマワリの花が、茎《くき》ごと千切れて飛んでしまい、私は朝からその片付けに汗まみれになっていたところだった。

「とんだ涙雨だったなァ」と、吉田満からも同情されたが、「久しぶりに飯でも食べながら、松本清張の想い出話をしようか」となって、電話を切った。

私が小倉の朝日新聞（西部本社）に入社したのは、昭和二十五年二月で、最初の職場が広告部の「校閲係」。私の隣に、その吉田満が座っていた。

その校閲係から三メートルばかり奥の壁際が「意匠係」で、二人の係員がお互いの製図机を向かい合わせにし、中央に長い柄の電気スタンドを挟んで、その奥側に松本清張が座っていた。

当時の新聞は、まだ連合軍総司令部（ＧＨＱ）の統制下にあり、朝日新聞も朝刊四ページ、夕刊二ページという貧弱さ。そのうち約四割の広告スペースも大半は東京と大阪の大手企業の広告で占められ、それも殆どが、「紙型《しけい》」という完全原稿で毎朝到着するので、意匠係はいつも素通り。校閲係も役目柄、いちおうその広告内容に目を通すだけで、地元の広告といえば、週二、三度の百貨店と封切映画の広告が目立つぐらいだったから、両方の係とも、二時間もあれば、その日の仕事は終了してしまうほどの暇ぶりだった。

清張さんも「空席」になることが多く、珍しく席に座っている時でも、太いロイドの眼鏡越しに、ギョロリとした目で私たちの仕事ぶりを眺めていることが多かった。

不思議だったのは、彼の突き出た分厚い下唇に、硯《すずり》の墨がよく付いていることだったが、その原因がまもなく分かった。

同じ部の「地方版係」や「編集局の整理部」あたりから「カットを描いてくれ」などの急な依頼があった時、清張さんは墨で固まっている筆先を、歯でガジガジ齧《かじ》って柔かくする癖があり、唾《つば》で溶けた筆先の墨が、あの分厚い唇にベッタリと付いてしまい、ますます「ふてぶてしい顔」になるのだった。

同僚の係員が気付いて指摘すると、彼は腰にぶら下げた汚れたタオルで大雑把に拭きとるだけで、唇の端にまだその墨が残っていようとも、彼は平気だった。

そして、昼が近くなると、彼は決まって私の隣に座っている吉田満を食事に誘いに来るのだが、その誘い方が、また尋常でなかった。

「おい、吉田君、昼だぞ。飯、めし！　おい、吉田満、めしの時間だぞ！」

返事がないと、さらにその誘い方がエスカレートしていく。

「おい、吉田、仕事は午後に回せ！　めし、めし！　吉田満！……」

吉田満の動きがあるまでは、こうして執念ぶかく誘いつづけ、ついには強引に「拉致」していくのである。

じつは、その「拉致」の理由が、別にあったのだ。昼食後の休憩の一時間（たいてい、一時間半か、二時間にもなったが）、松本清張が決まって、東西の有名作家たちの作品やエピソードなどを、一方的に吉田満に話して聞かせる二人だけの愉しい「文学散歩」の時間だったのである。

私がその吉田満から直《じ》かに聞いた話では、取り上げた作家は、森鷗外をはじめ、芥川龍之介、菊池寛、大佛次郎、江戸川乱歩、小林多喜二などにも及び、欧米ではポーやゴーリキー、ドストエフスキー、サマセット・モームなど、それぞれの代表的な作品や時代背景までも混ぜながら、吉田に易しく解説して聞かせ、その面白さや彼の記憶力の良さに舌を巻いた、ということだった。

また、その二人だけの「文学散歩」は、何も戦後、昼食後の休憩時間ばかりではなかったのである。

昭和十五、六年の日中事変の頃から、日曜日など、二人で大分県の日田や天ヶ瀬温泉までも一緒に出かけては、その「文学散歩」の旅を愉しんでいたというのである。

いま想うのに、限られた時間の中で、東西の作家や名作を「清張風」に面白く易しく再構築しながら話して聞かせ、相手をすこしも退屈させない演習を、本人も愉しみながら続けているうちに、いつのまにか「清張文学」の骨格みたいなものが、本人も気付かぬうちに、ごく自然に形成されていったのではないだろうか。——

「君のところに、松本清張《きよはる》という意匠係がいるだろう。この小説、明日発行の『朝日ウイクリー』に掲載するから、と言って渡してくれないか」

と、ある日、その「ウイクリー」の編集長から、一枚のゲラ刷りを依頼された。

題名は忘れたが、なんでも、ある禅寺の若い修行僧が、山門の長い石段を上がっていく女の着物の裾から零《こぼ》れる「ふくら脛《はぎ》」の艶っぽさに心が奪われ、思わず石段から転落して己れの修行不足を苦しむ、といったふうな掌篇だったような記憶がある。

この『朝日ウイクリー』というのは、昭和二十四年から、朝日新聞が日曜日ごとに発行していたタブロイド判（8ページ）の「週刊娯楽紙」で、吉田満の『捕虜と麻雀《マージャン》』というシベリア抑留体験記や、「映画ストーリー募集」で幸い入選した私の『三人の仲間』というフランス映画丸写しのような、貧しい男たちの友情を綴った港町物語が入選したこともあった。

「彼、小説が上手だネ、と編集長がえらく褒めてましたよ」と言いながら、私が頼まれたそのゲラ刷りを彼に渡した時の、清張さんの顔が急に紅潮し、「得意然」となった表情を今でも覚えている。

「君、映画シナリオのほう、進んでいるのか？」と、社の喫茶室で、私に珈琲を奢《おご》ってくれながら、彼から訊かれた。

「いや、サッパリ！」と答えると、

「評判になった映画を、ドシドシ観ろ。ドラマを構成する要領が分かってくる。どんな背景にしたらよいか、という勉強にもなる。変な小説を読むよりも、好い映画をドシドシ観ろ」

と、言われて、映画の話になった。

驚いたのは、彼はその当時、話題になった東西の映画の殆どを観ていたのである。

日本映画なら、黒沢明監督の『わが青春に悔いなし』や『酔いどれ天使』『野良犬』『羅生門』などをはじめ、『青い山脈』『晩春』『破戒』『大曽根家の朝』『また逢う日まで』『夜の女たち』『細雪』など。

また洋画では、『望郷』や『旅路の果て』『大いなる幻影』『哀愁』『カサブランカ』『ガス灯』『断崖』などなど。

特に、『戦火のかなた』『自転車泥棒』『靴みがき』などの、戦後話題になった「イタリアン・リアリズム」のことまでも、彼は詳しかった。

その頃のことだったが、「君、故郷《くに》は何処か?」と、いきなり訊かれた。「広島だ」と答えると、「ああ、やっぱりそうか。君の話の中に、時々、広島訛りが入るので、見当はついていたが、俺のオフクロも広島だ。じつは俺も生まれたのは広島だが、じきに九州に移ったから、出生地は小倉となっている。広島は市内か?」「宇品《うじな》だ」と答えると、「ああ、あの港のある宇品か。比治山《ひじやま》や宇品《うじな》に立ち寄ったことがある。あの宇品の朝陽の海は見事だったなァ」

と、いった話になったこともあった。

また、ある時、「君、英語は話せるのか?」と、突然訊かれた。

私が新聞社に入る前、小倉の米軍専用のPX（百貨ショップ）にしばらく勤めていたことを、吉田満あたりから聞いたらしかった。

「いやァ、パンパン英語をすこし……」（夜の女たちが、米兵らとの取引きに使っていたブロークン英語）と謙遜すると、「PXで通訳をしているハワイ生まれの日系女性が、個人教授をしてあげる、と言ってくれてるので、「君も行かんか」と誘われたのである。

私は、「ハワイ生まれの日系女性」と聞いて、もしかしたら、あの「M女史」ではないかと直感した。

私がそのPXにいた時、職場の珈琲ショップも含めた各階フロアの担当通訳をしていた五十がらみの人の好いオバサン・タイプの女性で、私に「こんなPXなどに何時までもいないで、どこか堅気の会社を捜しなさい」と、親身に忠告してくれたことが何度かあったのだ。

敗戦直後、そんな会社は滅多になかった。

「行ってみましょうか」と、そんな興味も半ば手伝って賛成した。

清張さんは、「それじゃ、I君も誘おう」と、戦時中、上海あたりの貿易商社にいたことがあるという経理課の男も加え、三人で小倉郊外の住宅地に住むその女性の家を訪ねた。

「あら、松本さん、いらっしゃい！」

と言って玄関の扉を開けた女性は、やはり、私が直感したそのM女史だった。そして、清張さんのうしろにいる私を見るなり、途端に奇声を挙げたのだ。

「あら、アラ。ボンちゃん!! BONちゃんじゃないの！　これ、どうなってるの？」（PX時代、私はBONという渾名《あだな》で通していた）

確か、一年ぶりの邂逅だった。

その夜は、三十分ばかりの日本語のやりとりの後は、「会話は、すべて英語で」というM女史からの注文がついたから、私は照れ臭い感情まで混じって、ペラペラと質問されるたびに、天まで上がってしまい、到底、会話を楽しむような雰囲気ではなかった。

　しかし、「上海英語」と「松本英語」は、結構、M女史のスピーディな英会話に、「アー」や「エー」をあっちこっちに加えながらも従いていく様子であった。

「君、M女史が、近頃、ボンちゃん、元気でやってるの？　と心配していたぞ」

と、それから一か月ほど経った頃、清張さんからそう言われた。

　私は、初めの一日限りで止めてしまったが、結局、清張さんだけが、三か月ばかり続けたようで、時々、新聞社見学に訪れる米軍将校らの会話の仲立ちまで、勝手に出ていくまでになっていた。

『週刊朝日』が「百万人の小説」を全国公募したのも、ちょうどその頃だった。

　一等賞金の三十万円は、当時としては大金で、八人家族の清張さんにとっても大きな魅力だったろうが、それよりも『朝日ウイクリー』編集長から自分の掌篇小説が褒められたことが、何よりの後押しとなり、あわよくば、この懸賞小説に入選して、息詰まるような怠惰なこの職場生活から抜け出したい、という強い意欲が、彼の体から噴出しはじめたのではあるまいか。

――

　幸い、持て余すほどの暇な時間を活用して、彼の真剣な小説の「素材探し」が始まった。

　その中で、新聞社の資料室の棚から取り出した百科辞典の「さいごうさつ」という項目が彼の目に留《と》まり、その解説をヒントにして例の小説『西郷札』が生まれたことは、よく知られているが、それを作り出すまでの彼の努力は、人並みではなかった。

当時、私の間借りの家が新聞社に近く、毎夜の八、九時頃、新聞社の地階にあった「社員風呂」に通っていたが、いつ来ても、既に広い営業局は全消灯されて暗闇だったが、いちばん奥の壁際に、小さなスタンドの灯がポッンと一つだけ点《つ》いていた。

清張さんが、あの分厚い唇を突き出し、鬼のような形相で、自分の小説に毎夜取り組んでいたのである。

物音に気付いた彼から何度か声を掛けられてその場で話し込んだが、「営業局の連中が全員いなくなってからが勝負だ。気持ちも落ち着き、ドンドン書ける」と言うのだ。

また夏など、「九時過ぎには局内の全冷房が消えるが、しばらくは涼気が漂っているので、蒸し風呂のようなわが家とは比較にならないほど快適だ。君も酒ばかり飲んでないで、ここで真剣になって書いてみないか」と何度か勧《すす》められた。

そして午後十時過ぎには、小倉の繁華街経由のチンチン電車で帰宅し、明け方の三時頃まで、団扇《うちわ》で蚊を追いながら書き続けるというのだ。

また、細部の取材のため、休日を利用して、彼は何度か延岡や宮崎あたりまでも往復していた。

私の勝手な推測だが、彼はその当時「九州観光ポスター制作」のため、門司鉄道管理局の委嘱を受けていたので「全九州優待パス」活用という手もあったのではないだろうか。

こうして、人並み以上の努力を重ねながら、彼は原稿を書いては破り、訂正や加筆を繰り返していうちに、気が付いたら肝心な公募の締切日が、すぐそこに迫っていた。

どう足掻《あが》いても間に合わぬ、と気付いた清張さんは、得意の一計を案じたのだ。

募集先の東京本社『週刊朝日』の編集長宛てに、「書き上げた原稿が、風呂敷ごと盗難に遭い、いま急いで書き直している。そんなわけで、〆切り日をすこし延ばしてもらえないか」といったふうの手紙を、東京本社行きの「原稿便」の中に入れさせてもらったのである。

自分が、西部本社の広告部員だ、という明記も忘れなかった。

すると、その募集元の編集長から、早速返事が届いたのだ。

「それはお気の毒。すでに〆切り後だが、事情諒解したので、特に受け付ける。なるべく早く私宛に送りなさい」という温かい文面だった。

その二週間ばかり締切りから遅れて送った小説『西郷札』が、みごと「三等一席」に入選し、翌二十六年春の『週刊朝日・増刊号』に、「特選」の小説と一緒に掲載され、しかも、なんと「直木賞候補」にまでノミネートされたのである。

「実力」と言ってしまえば、それまでだが、彼には確かに「強運」が後押ししているように思えてならないのだ。

ここで、少しばかり彼が得意とする「手紙戦術」について触れてみよう。

松本清張が、朝日新聞社に入る切っかけになったのは、昭和十二年二月、同社が東京、大阪の二本社に続いて、九州・小倉に西部本社を設け、広島・山口、島根を含む九州一円に新聞を印刷発行する、という記事を読んだ彼が、「新聞を出すのなら、広告も地元募集となり、広告の版下を描く人間も必要になる筈だ」と考えて、一面識もなかった西部支社長宛に、自分の「履歴書」と「版下作品」を同封した手紙を送りつけ、彼の思惑通りに、広告意匠係の嘱託要員として採用された、という話は有名になったが、この『週刊朝日』の公募〆切りの一件にしても、「書き上げた原稿が盗難に遭った」といった咄嗟の思いつきの手紙が、募集元の「〆切り日の延長」諒解に繋がったのである。

さらに彼は、その『西郷札』の小説が掲載された「増刊号」を、社の売店から二十冊ばかり買ってくると、中央文壇の吉川英治や長谷川伸、大佛次郎をはじめ、江戸川乱歩、火野葦平、木々高太郎らの著名作家たちにも「ご高評を賜りたい」と旨の手紙まで添えて送呈し、各氏から激励の返書まで貰ったうえに、その中の一人だった木々高太郎氏の肝入りで、同人誌『三田文学』に作品発表の場を獲得し、そこに掲載された『或る「小倉日記」伝』が、その期の「直木賞候補」から横滑りして、なんと第二十八回の「芥川賞」に結びついたのである。

さらに、受賞後の東京本社転勤も、やはり東京本社の広告部長への「直訴の手紙」からだった。

その手紙を受け取った広告部長や、相談を受けた編集局の幹部たちも、仕事以外の転勤は前例がないだけに、だいぶ困ったらしいが、彼の「本心を吐露した手紙」に結局応えることになり、北九州出身で、定年が間近な一人の東京本社広告部員との「トレード」という形で、清張さんの東京転勤が決まったのである。

彼の自伝風エッセイ『半生の記』（河出書房新社）の中で、それらを「すべて幸運」と言っているが、私は、彼の並でない「鋭い先見性」と「適確な判断」、それに加えて、彼の「物怖《ものお》じしない大胆な行動力」のみごとな結実と思いたい。

こうして彼の「作家への道」は、すこしずつ開きはじめたが、今度は私や吉田満に思わぬ災難が降りかかってきた。

『西郷札』の受賞後は、吉田満との昼休みの「文学散歩」もなくなり、代わりに昼食後の一時間余りは、殆ど数日置きに、彼が大学ノートにびっしりと書いてきた新しい小説原稿の「読評会」に切り替わったのである。

場所は、営業局のいくつか並んでいる応接室の一部屋で、これは清張さんの半ば強制によるものだった。

こちらも、その読評会が満更嫌いではなかったのと、二人の休み時間を縛《しば》って悪いと思ったのか、その後で決まって喫茶室の珈琲を奢《おご》ってくれたから、飽かずに付き合ったようなものだが、二、三十枚程度の原稿ならまだしも、八十枚から百枚に近い分量のものを、しかも彼独特の優しい猫なで声で抑揚までつけて読むものだから、昼飯後で腹を満たした二十代後半の私たちには、苦痛とまではいかないが、途中で「眠《ねむ》気」を誘うことがしばしばであった。

そんな頭の中を素通りしていった小説に、『火の記憶』や『くるま宿』『菊枕』『啾々吟』などがあるが、忘れられないのは、彼が『或る「小倉日記」伝』の原稿を朗読中、途中で二人とも、完全に眠ってしまったことである。

この小説は、森鷗外の小倉時代の足跡を深掘りするため、主人公の「田上耕作という体の不自由な青年」（モデルは実在）が、当時の鷗外と交遊のあった関係者たちを訪ね歩く、といった筋立てなのだが、その訪ねる先の風景や人物が、朗読途中から霞みはじめ、完全に消滅してしまうことが、しばしばだった。

それでも、おかしなもので、清張さんの朗読が終わりに近づくあたりから、不思議に私も目が覚めて、主人公の田上耕作が昏睡状態で、息を引きとりかけた雪の夜、「戸外から微かに聞こえてくる伝便《でんびん》の鈴の音」に、ふっと頭を擡《もた》げようとするあたりの描写の素晴らしさは、今でも私は鮮明に覚えている。「どうかね。遠慮のない感想を聞かせろ」と彼が言うので、「うん、最後の場面《シーン》は素晴らしいねえ。傑作だ」と私が褒めたら、「前のほうはどうかね？」と尋ねるので、「あの書き出しの文は面白いねえ。ドラマの中に、スーッと入っていける」と言うと、「それじゃ、真ん中あたりは？」と更に訊くので、「あの主人公が関係者を訪ね歩く構想が面白い。映画的だ」と言ったら、「ウソを言うな！　君は途中から盛んに、イビキを掻いてたじゃないか！」と、急に声を尖《とが》らしてしまった。

「吉田満！　君はどう想ったか？」と、今度は隣に質問が飛ぶと、吉田はすかさず、「悪いけど、ボクも寝てましたなァ」と簡単に謝ってしまったのだ。

清張さんは、大いに機嫌が悪かった。

「途中で、よっぽど原稿を読むのを止《や》めようと思ったぐらいだ。君たちも、のんびり眠ってなんかしてないで、ドンドン書けよ！」

と、逆に説教されてしまい、その日の読評会は完全に分裂気味だったが、その「小倉日記伝」が、ナント「直木賞候補」になり、さらに横滑りして、第二十八回の「芥川賞」を獲得してしまったのである。

「へーえ、あれがねえ」と、私と吉田満は思わず顔を見合わせたような、そんな思い出まである。

その彼の「芥川賞受賞」から、極端に様変わりをしたのが、職場の空気であった。

それまで、総じて彼に冷たかった広告部員の反応が、より強くなったのは、彼の「二足の草鞋《わらじ》」への妬みでもあったろうが、妙に豹変したのは、上司の連中だった。

「松本君、わが家の表札を書いてくれないか？」と真っ新な板を持ってきて頼むのは、まだ好いほうで、来社した大手広告主や代理店の幹部たちに、彼をわざわざ呼びつけて得意然と紹介したり、またその夕宴に加えたりもした。

また、その当時、「部会」と称して、年に一度、近郊の温泉ホテルなどで「広告部員慰労会」があったが、彼が受賞後の「別府温泉」でのその部会の時である。

全員が温泉の湯から上がり終え、浴衣に着替えて、それぞれが今夜の座選びを始めていた時、「松本先生、中央の上席へどうぞ！」と、敢えて彼を中央の床柱の前に誘ったデスクがいた。

それまでは、彼をまったく無視していた上司だった。

二時間余り宴が過ぎ、だいぶ座が乱れはじめた頃だったが、私がトイレを済ませて、長い廊下の隅にあったソファで一服していると、背広に着替えた清張さんが手提鞄を提げてやってきた。

「アレ、解散は明日の朝じゃないの？」と声をかけると、「君、こんなバカバカしい宴会に、いつまでも付き合っておれるか！　おれは帰る」と言うのだ。部長には、「急ぎの取材を頼まれたので」と言って諒解を得たらしい。

「もう、こんな時間じゃ、夜行もないよ」と言うと、「なければ、駅の待合室で寝るさ。君も、こんな窒息しそうな職場から早く脱出することを考えろ。他人《ひと》は批判するだけで、誰も助けてはくれないぞ。自分で這い上がるしかないさ」と、逆に説教されてしまった。

その彼が東京本社に転勤したのは、昭和二十八年の冬で、「意匠係主任」の肩書きも、そのままだった。

その数日前だったが、「ちょっと来たまえ」と呼ぶので彼の席に寄っていくと、「これ、君にやる。勉強しろ」と言って、引き出しから二冊の本を取り出した。

一冊は、岩崎昶の『世界映画史』で、もう一冊は村山知義の『現代演出論』だった。

毎夜、徹夜に近いまでの「小説づくり」の合間に、彼はこんな世界にまで「想い」を拡げていたのである。

上京する彼を、小倉旧駅で送った時も、作家の劉寒吉や岩下俊作（『無法松』の作者）、俳人の横山白虹ら大ぜいの見送りの輪の中で、「いい物が書けたら送れ。紹介の労をとる。周囲の目を気にせずに書け」と声高に励まされ、逆に私のほうが赤面してしまった。

小倉市（北九州五市合併以前）が「文化祭行事」として、小説を公募したのは、その翌秋のことだった。

清張さんに何かのたびに言われ、また自分の書いた文章がどこまで通用するのか、試してみる気にもなり、数日ばかり徹夜のようにして書き上げた『赤い季節』という六十枚ばかりの原稿を送ったら、これが幸運にも「一席」に入選し、『九州文学』新年号に掲載された。

その一冊を、早速、清張さんに送ったら、折り返し返事が届いた。

〈「九州文学」の貴作、拝見した。面白かった。前に見せてもらったナマ原稿とは格段の相違だ。この作品程度のものを、つづけて二、三作書き給え。ただこの小説は、もっと全体をくすんだ暗さにした方が効果的。着想は面白いが、先方の男を苛める部分は、もっと苛酷に強調しろ。いろいろ書いたが、じつは君の実力を見直した感じ。どしどし好い物を書け。いくらでも紹介の労をとる。

岡本ボンちゃんへ。　　松本清張〉

と、あった。彼が喜んでくれているのが文面の端々に溢れていて、私は何度も読み返した。

その彼が、朝日新聞社を退社したのは、昭和三十一年五月末で、それから一か月余りが経ったある日、突然、小倉へやってきた。

「一緒に、飯でも食べないか」という電話なので、吉田満を誘って、約束の「ステーキ・レストラン」に出かけた。

「いやァ、しばらく！」と、お互いが手を握りあったが、彼は新聞社と縁が切れたせいか、いつもの燻んだ表情が晴れて、爽やかな顔をしていた。

「例の〈黒人兵脱走事件〉の取材で来た。午前中、すこし小倉署関係を回ってみたが、あまりいい顔はしないなァ。でも、執念深く粘って訊きこんでやろうと思う」と言いながら、目の前のステーキを次々に口に放り込んでは、頻りに額の汗を拭った。

挑むようなその食べ方は、小倉時代とすこしも変わっていなかった。

この「黒人兵脱走事件」というのは、昭和二十五年七月十一日夜、小倉の街で実際に起きた米軍黒人兵部隊の集団脱走事件で、「朝鮮戦争」への投入目前に、恐怖と絶望におののく黒人兵約二百六十人が、小倉・城野《じょうの》の米軍キャンプから集団で脱走し、近くの日本人民家を次々に襲って「婦女暴行」や「略奪」などを恣《ほしい》ままにし、緊急出動した米軍部隊が機関砲や機銃で密かに鎮圧させた、という当時の小倉市民たちにとっては、忘れることの出来ない米軍占領下の恐怖事件であった。

たまたま、清張さんの家が、その米軍キャンプのすぐ裏手だったから、彼のこの事件への関心は人一倍強かったようだ。

その事件の翌朝、私がいつもの仕事のことで彼の席に寄っていくと、こっちの話など聞こうともせずに、前夜の黒人兵たちが近くの民家に軍靴のまま上がり込み、主婦や娘たちを次々に暴行した話や、酒店の洋酒瓶を銃で次々に叩き割って暴飲しまくった話などを、夢中になってするのだ。

また、その脱走事件から一年余り経った頃のことだったが、朝鮮半島の戦場から夥しい米軍兵士の戦死体を積んだ米艦が、次々に九州の門司港に入ってくるようになり、その屍体処理が、その城野キャンプで連日のように密かに続けられていた。

その時のことだが、「君、いいアルバイトがある。日曜日だけでもしないか」と、清張さんから勧められたことがあった。

そのアルバイトというのが、その「米兵の屍体処理」の仕事で、彼の説明では、「運ばれてきた屍体を、一体ずつ解剖台まで担ぎ込み、泥や血で凝固した被服を脱がし、切り裂いた胴体から、いっさいの臓器を取り除き、防腐剤を詰めて再び元通りに縫合する」作業だというのだ。

「特殊な作業だから、一屍体で千円にもなる。一日五体も処理すれば、それだけで五千円。アイスクリーム付きの弁当も出るから、新聞社の給料など問題にならん。どうだ、やらんか」と、熱心に勧めるのだ。（その当時の私の月給は確か、八千円ぐらいだった）

「いや、やめた。屍臭がくっついたら、いつまでも除《と》れないと言うじゃないの。アルバイト料がいくら高くても、そいつだけはご免だ」と言うと、「たかが屍臭ぐらい、洗えば簡単に落ちるさ。やらんか！」と、彼もしつこい。

「松本さん、誰かに頼まれたの？」と訊くと、「馬鹿言え！　誰がこんな話、おれに持ってくるもんか。もういい。嫌《いや》なら、やらんでもいいさ」という妙な彼の返事で、この話はそれきりになったことがあった。

その彼の「小倉取材」は、名作『黒地の絵』という小説となって、二年後の「新潮」（昭和三十三年三、四月号）に載ったが、驚いたのは、その米兵の屍体処理場の余りにも詳細且つ具体的な描写であった。

あの時、私に「もういい。嫌《いや》なら、やらんでもいいさ」と、妙に憤然としていた彼だったが、小説『黒地の絵』の中の、克明すぎるぐらいの屍体処理の描写は、当時の関係者から、少しばかり聞いたぐらいでは、到底書けそうにもないほどの「臨場感」溢れる文章だったのである。

話を、再びステーキ店に戻させてもらうが、久しぶりの昔仲間だけの食事だったせいか、清張さんは終始上機嫌で、饒舌《じょうぜつ》だった。

「どうかね、映画のほうは？　観ているかね？」と訊くので、「たいていの評判映画は観ているつもりだ」と言うと、「高峰秀子の『浮雲』は観たか。山村聰の『蟹工船』は？『黒い潮』は？　黒沢明の『生きる』は？『終着駅』は？『禁じられた遊び』は？」と、好評だった東西名画の題名が次々に出てくるのだ。

さらに、「小説は、本来、物語だ。ストーリーを面白くするためには、特に構成とその背景描写に力点をおけ。そのためにも映画を観ろ。変な小説を読むよりも、そのほうが余程参考になる。おれも情景描写は、だいぶ映画に学んだよ」と付け加えた。

こうして、二時間余りの気のおけない食事を終え、三人が別れ際の時だった。

彼がいきなり「見ていろ！　今に日本中を沸かすような小説を、必ず書いてやる。これは約束する」と言って、胸を張ったのだ。

これまで、百篇以上の小説を書きながら、まだ書き足らないのか、とその時、私は思ったが、その約束はウソではなかった。

まもなく、『点と線』や『眼の壁』などの傑作長篇を書いて、「社会派推理小説」ブームを惹きおこす一方、『黒い画集』や『波の塔』『ゼロの焦点』『砂の器』などの名作を次々に発表したばかりか、『日本の黒い霧』や『現代官僚論』『昭和史発掘』などのノンフィクションの分野にまでも手を拡げていき、遂には「国民作家」と呼ばれるまでになったのである。

当然のことで、昭和三十五年度の所得額は、作家部門で第一位となり、以後、その記録も破られることがなかった。

そして翌年、東京杉並の上高井戸に、約百坪の二階建ての新居を構えたが、その翌春、父親の峯太郎さんを亡くされた。

八十九歳のご高齢だったが、小倉時代、私も三度ばかりお会いしたことがあった。

お顔の整った、失礼だが清張さんよりもだいぶ好男子で、当時では、もう珍しい「着流し」に博多帯を締めて、芝居にでも出てきそうな粋《いき》な恰好をされていた。

新聞社の裏玄関の受付からの電話で、「親父さんが面会に来ている」ことを清張さんに告げると、彼が「またか！」と舌打ちをしながら、「君、すこし持ってないか？　給料日に返すから」と言うのだ。

どうも「競輪資金」の無心らしかった。初回は、少しばかり用立てたが、二度目からは薄給の身では追いつかず、彼は会計部まで出かけ、何度も頭を下げて「前借り」をしていた。

その親父さんが亡くなられた頃、清張さんは猛作の酷使で、指が「書痙《しょけい》」となり、口述筆記を頼んでいたようだが、その速記者の福岡隆氏の手記（『人間・松本清張』）によれば、「亡父の棺を抱き、涙を溢れさせながら嗚咽《おえつ》していた」というから、その時の彼の気持ちが、私にもすこし分かるような気がする。

また、亡くなられたその日も、彼は二十三枚の小説原稿を書き、納棺の日も十枚、またその翌日も十六枚と、一日も休まなかった、というから、まさに彼は「超人」というしかない。

こうして、彼は小倉時代に書きはじめた『西郷札』から実に四十年間、これまで誰も踏み込んだことのない未開の荒野を、休むことなく憑《つ》かれたように掘り起こしては書き続け、約九百篇（十三万枚）の物語に仕上げて、日本を代表する「国民作家」への道を登りつめたのである。

まさに「火を噴きつづけた活火山」のような男だった。

あの、ズカズカと踏み込んでいく「書き出しの大胆さ」と「ストーリーの面白さ」、「テンポの速い流動感溢れる達意の文章」は、平成四年の八月四日でついに停まってしまったが、私の清張さんへの懐かしい想い出は、いつまでも尽きない。

芥川賞受賞時の松本清張（中央）と職場の仲間たち（前列右端が筆者）

天草旅行時の吉田満と筆者（右）

十、台北公園の朝風

戦後の「昭和」が「平成」と名を変えた年、貿易関係の仕事で、私が台北駅前の高層ホテルに泊まった時のことである。

私は朝が早く、五時前には決まって目が覚《さ》める。洗面に髭剃り、朝風呂までゆっくり終《す》ましても、ホテルのレストランの朝食まではいっとき間があるので、暇つぶしに近くの公園をぶらつくことにした。

実は大正の末期、私はこの台北で生まれ、旧制の中学を出るまでこの街で暮らした「湾生」の一人なので、土地勘だけはあり、その時も「懐かしい故郷の公園散歩」ぐらいの軽い気持ちだった。

ところが、まだ人影がまばらな薄明の大通りを抜けて、その公園に一歩足を踏み入れて驚いた。

赤や茶、黄、緑に紺色など、色も彩かなトレ・パンなどの若い女性グループをはじめ、オレンジ色のTシャツで統一した若者グループから上半身裸の中年男たちまでが交じり、おそらく三百人は超えていそうな老若男女が、椰子林や熱帯樹、花園などに囲まれた二万坪に近いその公園いっぱいに散らばっていたのである。

　さながら「体育祭」の会場にでも迷い込んだような壮観さだった。

　噴水が勢よく噴き上がっている円型のコンクリート池の周りでは、五十人余りの高齢者組が、「一《イー》、二《アール》、三《サン》、四《スー》！」と叫んでいるラジカセの掛け声に合わせて、手足や体の屈伸を熱心に繰り返していたり、その先の濃い榕樹の陰では、太極拳の超スロー組が、またその先の広い芝生の上では、中国式の剣舞の衣服を着た若い青年たちが、飾り紐のついた長槍や青龍刀などを朝の光に煌めかせながら熱心に汗を掻いていた。

　また、その先の音楽堂の野外ステージでは、マイク片手のカラオケ・グループが、なんと戦時中、日本で流行していた。『別れのブルース』や『蘇州夜曲』などの懐メロを、それも日本語で朗々と唸っていたのである。

　また、その騒々しいグループから離れた老樹が茂る一角では、枝々に吊り下げた十個ばかりの竹籠から聞こえてくるメジロの冴えた鳴き声に、ジッと耳を傾けている風流な老人組もいた。

　私は、そんな公園いっぱいに拡がっていた異様な朝の熱気に圧されながら、盛んにカメラを向けているうちに、自分もどこかのグループに加わってみたくなり、いちばん易しそうな丸池のラジオ体操組の後に、そっと寄っていった。

　すると、すぐ近くにいたゴマ塩頭の老人が、私の気配に気付き、「どうぞ、どうぞ」と日本語で私一人が入るぐらいの隙間をつくってくれたのである。

朝の体操を愉しむ女子グループ

私も思わず「多謝《トーシャ》、多謝《トーシャ》！」（どうも、ありがとう）と昔おぼえた台湾語で頭を下げながら、その男の脇に立たせてもらった。

やがて、ラジカセの掛け声が次第にテンポを緩めていき、深呼吸を何回か繰り返しながら、その「台湾式ラジオ体操」が終了した。

すると、先刻の脇の男が、いきなり「いつ、日本から来《こ》られましたか？」と、肩のタオルで額の汗を拭きながら声を掛けてきたのだ。

「ああ、先刻はどうも……。昨日着いたばかりです」と答えると、「そうですか。どうぞ、ゆっくり観光を愉しんでください」と言いながら、私に丁寧に一礼して離れていった。

ところが、物の十分もしないうちに、再びその男と出会ったのである。

私が近くのブーゲンビリアの花垣の脇にあったベンチに腰かけて休息していた時だった。

「座っても、よろしいですか？」

と、声を掛けてきたのが先刻の男だと気付いたので、私も気軽に「どうぞ、どうぞ」とベンチの片側に寄ってあげた。

すると男が「台湾は暑いでしょう？」と、いきなり訊いてきたのだ。

私も、「さすが南国ですねえ。でも、私はこの台湾生まれなので、暑さには馴れているつもりなんですがねえ」と言うと、男が、

「ああ、やっぱり！　先刻、あなたが体操場《たいそうば》で、〈多謝《トーシャ》、多謝《トーシャ》！〉と台湾語を使ったので、〈おや？〉と思ったのです。たいていの日本の方は、〈謝謝《シエシエ》！〉と北京語を使います。あなた、やっぱりこっち生まれねえ。失礼ですが、大正何年生まれ？」

こんどは、私の方が驚いた。「生年月日」を訊くのに、いきなり、「大正」という日本の元号が出てきたのだ。

「ああ、ぼく？　大正十二年です」と言うと、「そうですか。わたくし、大正十一年。あなたより、一つ、兄さんだ」と言いながら急に顔を輝かせたのである。

そして、「自分は昔の台北二中卒業で、家内《かない》も台北二高女です」と付け加えた。（日本統治時代は、台湾人でも成績がよければ、中学校以上は日本人と共学できた）

道理で、日本語が上手な筈であった。それからは、彼の話が急に「仲間」めいてきた。

中学時代の軍事教練で、三八式歩兵銃を担がされて重たかったこと。前台湾総統の李登輝さ

んの兄さんが、今も日本の靖国神社に祀られている話にまで拡がり、「あの人（李登輝氏）は淡水《たんすい》中学から台北高校（旧制）、京都帝大に進学したので、今でも北京語があまり上手ではないですよ。ぼくも下手だけれどね」

と、そんな話にまでなっているところに、突然、「お待ちどおさま！」と、これも日本語の声がして、そこに一人の老女が立っていた。

彼が「ああ、ぼくの家内です」と言って、私にその老女を紹介した後、「遅かったねえ」と彼。「××さんが公園をもう一と回りしよう、と言って利《き》かないもんだから」「ああ、あの映画気狂いか」。「あんたと同じよ」「おれは気狂いじゃない。映画愛好家と言うんだ」

「この人、いつもこんな屁理屈を言うんですよ」と、老女は苦笑しながら、私に軽く会釈した。

二人の話では、つい最近、日本のＮＨＫがＢＳ放送を始めたおかげで、台湾でも自宅の屋根にパラボラ・アンテナを取りつけて、日本からの電波を愉しんでいる台湾の老人組が、台北市内だけでも数万世帯もいるというのである。

なかでも、黒沢明監督の映画『生きる』や『七人の侍』、木下恵介監督の『二十四の瞳』などが大きな話題になったというのだ。

さらに、彼女がこんな話をしてくれた。

「わたしも、昔の女学校仲間もみんなそうだけれど、北京語のＴＶドラマを観ても、半分も判らない。でも、日本語の映画は全部判るので、友人に〈今夜×時から、黒沢明の映画があるから、日本のBSテレビを観なさい〉と教えてあげるの。これまでで、いちばん好かったのは『二十四の瞳』ねえ。島の子どもたちが、懐かしい昔の童謡を唱うのを観て、わたし何度も泣いた。友だちもみんな泣いた、と言ってたよ」

「ぼくは、断然、黒沢明の『生きる』だなァ。〈命短し恋せよ乙女〉だよ」

二人の日本映画評を聞いているうちに、私は、ここが台湾である、ことを、危うく忘れるところだった。

すこし話題を変えて、私が彼にこう訊いてみた。

「失礼だが、お二人、夫婦喧嘩は何語でするのですか？」

すると即座に、彼がこう答えた。

「それは断然、日本語です！　北京語や台湾語なんかじゃ、気分が乗らない。日本語なら〈バカヤロ！　出て行け!!〉これで終《す》む。いやはや、今や、わが家の会話は無茶苦茶ですよ。子どもたちと話す時は、ぼくは下手な北京語だが、家内は台湾語、ぼくたち夫婦の会話は日本語だが、子どもの前では台湾語。でも夫婦喧嘩は、断然、日本語だ！」

と言って笑うのだが、それを聞いている私の心は次第に重たくなってきた。

この百年ばかりのあいだに、二千万人近い台湾人たちに圧しつけてきた「政治体制」と「言葉」への制限は、彼らに大きな犠牲と苦渋を強いるものだった。

日本統治時代の五十年は、日本語が公用語となり、終戦後、台湾に乗り込んできた蒋介石の国民政府は、台湾人たちに縁もゆかりもない北京語を強制し、日本語と台湾語の使用をいっさい禁止したのである。

それが解除になったのは、李登輝という台湾人出身の総統が出現した昭和六十三年（一九八八年）からに過ぎなかったのである。

何気ない彼らの会話の中にも、それらの歴史の混乱と苦渋のすべてが凝縮していたのだ。

「さ、行こうか。あんまりボロを出さないうちにね」と、笑いながら彼が立ち上がった。

彼の話では、家内にすこし糖尿病の気があり、医師が散歩と温泉を勧めるので、これから陽明山《ようめいざん》の温泉場に出かけるのだという。

「ああ、あの草山《そうざん》（日本統治時代は、こう呼んでいた）の温泉、まだありますか？」と訊くと、

「ええ、ありますとも。今や、あそこは老人天国です。毎日、カラオケで日本の昔の流行歌をうなって汗を流し、わが家に帰り着くのは、いつでも昼過ぎですよ」

というのだ。そして彼が「それでは、あなたも愉しい故郷《ふるさと》の旅を続けてください」と言いながら手を差し出したので、私も「再会《チャイホエ》！」（さよなら）と言ってその手を握った。

二人が去った後も、私はしばらくそのベンチに座り続けていた。

そして、やっと取り戻した自分たちの自由な余生を、本音で愉しんでいる彼らの心の内を覗いたようで、私までがホッとした気分に浸りながら、爽やかな公園の朝風を、いつまでも頬に受けていたのである。

十一、改名騒動記

私の名前のことだが、「健資」と書いて「たけし」と呼ぶようになったのは、正確には昭和五十年六月十日以降のことで、それまでの五十年余りは、呼び方は同じでも「武司」という漢字を使って世渡りをしてきた。

つまり、私の父が役場の戸籍係に提出した出生届は「武司」のほうだったのだ。

しかし、大方の人が、親が付けた名前には何がしかの不満を抱くようで、私もその「武司」という字が、あまり好きではなかった。

初めの「武」という字だが、何度書いても、片足が地面を蹴《け》っているような落ち着きのない字になり、次の「司」に至っては、机の片脚が一本とれたような不安定さがいつも漂っているようで、なぜこんな漢字をわざわざ捜してきたのか、自分の父を恨んだものである。

ところで、物の本によれば、「同姓同名」の確率は、全国で約百万分の一というから、単純計算でも、自分とまったく同じ姓名の男が、日本国内に百人余りはいることになり、当時、私が住んでいた九州だけでも、十人近くはいる勘定になる。

その「同姓同名」の人たちも、やはり自分と同じ不満を抱えているのだろうか、と漠然と考えていたら、その中の一人が、ホントにわが家にやってきたのである。

忘れもしない昭和四十一年の秋のことで、北九州・小倉の山麓に小さなわが家を建てて間もない時だった。

私が勤め先の新聞社から帰ってくると、妻が待っていたように、一枚の名刺を持ってきた。その名刺の中央に、自分の名前と全く同じ漢字が四つ並び、右肩に小さく大手のミシンメーカーの企業名が入っていた。

「へーえ、同姓同名じゃないか」

と感心していたら、妻が即座に、

「それが困るのよ。同姓同名の誼《よしみ》で、わが社のミシンを買ってもらえないかって。滅多に使わないミシンなのに、わが家に二台も要《い》らないわよ。やたらに、同姓同名を繰り返すものだから、それでは主人と相談してみます、と言って、やっと引き取ってもらったわ。あなたから、キッパリ断ってくださいな」

と、恰もこっちの責任のように言うのである。よほど持て余したのか、妻のうんざりしたその表情で分かった。さらに、

「ご主人に、どうしてもお会いしたいので、次の日曜日、お伺いしますってよ。あなた、日曜日は、どこにも行かないでください」

と、付け加えられたのである。

どうも厄介なことになった。相手は「同姓同名」を武器にして、自社のミシンを強引に売り込んでくる気配であった。

新築記念にと、わざわざ大きな表札まで新調したのが、かえって悪かった。

ところが、その約束の日曜日、男はついに現れなかったのだ。

妻の、その時の素振りから諦めてしまった公算もあり、半ばホッとしていたら、その翌日、私の勤め先に電話がかかってきたのである。

「ああ、ご主人ですか。××ミシンのオカモトです。じつは、昨日お宅にお伺いするつもりでしたが、あいにく、社に急用が出来まして。どうも失礼いたしました。お待ちになってたんじゃないですか。ところで、お宅の表札を見て、びっくりいたしました。同姓同名って、よく話では聞きますが、自分はこれが初めてなので、柄にもなく興奮いたしまして」

「あのう、じつはミシンの件ですが……。わが家にも、既に一台あって……」

「いやァ、ミシンなど、どうでもいいです。それよりも、一度お会いしたいですなァ。ご主人の新聞社にも時々お伺いしてますよ。ご主人は何部にお勤めで?……」

さすがに、よく喋《しゃべ》る男である。

「今度、来社されたら、玄関の受付で自分を呼び出してください」と言って、早々に電話を切った。

しかし、言葉は少し多いが、まんざら悪い男にも思えなかった。

それよりも、同姓同名のその男が、どんな顔をしているのか。どんな境遇の人なのか。一度、会ってみたいという好奇心も膨《ふく》らんできたのだ。

しかし、その後、しばらく彼からの音沙汰がなく、その年の暮れ近くになっていたある日、突然、彼から電話がかかってきた。

「実は、来年の一月一日付で、四国の松山に転勤することになり、近く小倉を離れます。一度、お会いしたかったのですが、残念です。どうか、お達者で」という電話だった。

「それは、残念でしたねえ。ゆっくり、お茶でも、と思っていたのですが……。どうぞ、あなたもお元気で……」

と、惜別の気持ちも多少湧きながら、私も電話を切った。

そして年が改まった一月の下旬のことである。

朝、いつものように出勤した私のデスクの上に、見馴れぬ小包が一つ置かれていた。

宛名は間違いなく私宛になっていたが、その小包の送り主も、まったく私と同じ姓名なのだ。

一瞬、私はあの四国に転勤したミシン会社のあの男からか、と思ったが、住所が「三重県津市」となっているのだ。

彼が再転勤でもしたのかと、半信半疑のまま、その小包を開いてみると、中から見事な「和布《わかめ》」の入った袋と、一通の手紙が入っていた。

〈初めて粗状を差し上げる非礼お許しください。じつは小生、先輩と同じ新聞社で禄《ろく》を食《は》む同姓同名の若輩者です。

たまたま、昨年十二月発行の「社員名簿」を拝見していて、自分とまったく同じお名前の先輩が、小倉の西部本社におられるのを知りました。

支局長から「おめえさん、同姓同名の役職のご先輩にご挨拶申し上げておかないと、ヤバイぞ」と驚かされ、当地名産の和布《わかめ》を添えてご挨拶に及んだ次第であります。

以後、よろしくお見知りおきの程、お願い申し上げます。

津支局・岡本武司〉

と、あるではないか。

私も、やっと事情が分かり、多少擽《くすぐ》ったい思いで、黒々と艶のあるみごとな和布の束を改めて見直したが、どうも内心穏やかではなかった。

今度は、同じ新聞社の中から、同姓同名の男が現れたのである。

文面から察するに、どうも新人の記者らしかったが、いきなり「先輩」と呼ばれると、もひとつ気が重たかった。

しかし、黙っているわけにもいかず、私も早速、返事を書いた。

「どうも、丁重なご挨拶の上、珍重な特産品までお贈りいただき、痛み入ります。ありがとうございました。

同姓同名の方が同じ新聞社におられることに、正直驚きました。ご文面では、私のほうがすこし歳が多いようなので、何やら責任みたいなものを感じます。

私も、あなたと同じように、「武ちゃん」「武司君」と呼ばれて育ち、過ぐる戦争にも駆り出されましたが、悪運強く、遺骨にもならずに生還し、一と足先に同じ社に入社した凡々たる男です。

今後とも、お互いに「武ちゃん」「武司君」で頑張っていきましょう。

小倉の岡本武司より」

といった文面の手紙に、九州の名物菓子を添えて小包でお返ししたが、心中まことに複雑であった。

同じ新聞社で、同じような背広に、同じようなネクタイを締め、同じ名前を呼ばれながら走り回っている男を想像しただけで、どうも居心地が悪かった。

ところが、事態はそれだけでは、納まらなかったのである。

今度は、まったく別人の「同姓男」が、日本中を騒がすような大事件を惹き起こしてくれたのだ。

昭和四十五年の三月末、「羽田発福岡空港行き」の日航機「よど号」が共産主義同盟を名乗る赤軍派学生(九人)に乗っ取られるという日本最初の「ハイジャック事件」が勃発したが、その犯人グループの中に、「岡本武《たけし》(テルアビブ空港爆破事件の主犯・岡本公三の実兄)」とという大学生がいたのである。

この赤軍派グループは、乗員・乗客百十五人を人質にして、福岡から更に韓国の金浦空港に飛び、その人質全員を解放した後、さらに北朝鮮に逃げ込んだまま、現在に至っているのは、ご周知の通りである。

このわが国最初の兇悪なハイジャック事件を、新聞やテレビなどのマスコミが、連日、大々的に報道したのは言うまでもない。

私たちの新聞社でも、事件発生の朝から、各局に何十台というテレビを設置し、すこしでも新しい動きがあるたびに、局内にけたたましくベルが鳴り響き、「号外」が繰り返し発行された。

テレビも、その犯人グループの組織や行動を一日中、声高に放送したが、そのグループの氏名の中で、「岡本武!」「おかもと・たけし!」と呼ばれるたびに、近くで仕事をしていた私までが、何か悪いことを仕出かしたような「ユーウツ」な気分に曝され、「武司」という名前に、ますます不満度を加えていったのも事実である。

また、これはハイジャックではないが、私が初めて「同姓同名」氏と言葉を交わしはじめた昭和四十一年頃から、民間航空機の遭難事故が不思議に多発しはじめた。

その年の二月四日には、全日空機が羽田空港に着陸の直前、東京湾に墜落して、百三十三人全員が死亡したのを始め、その一ヵ月後の三月四日には、香港発のカナダ航空機が羽田空港の防潮堤に激突して、六十四人が死亡。その翌五日には香港行きのBOAC機が、富士山上空で乱気流のため空中分解して、百二十四人全員が死亡し、さらにその年の十一月には、全日空機が四国の松山沖に墜落して、五十人全員が犠牲になった。

さらに昭和四十六年の七月三日には、東亜国内航空のYS11が、函館郊外に墜落して、六十八人が死亡。同じ月の三十日には、岩手県の雫石《しずくいし》上空で、自衛隊機が全日空の旅客機と空中衝突して、乗員・乗客百六十二人全員が死亡し、翌年の六月十四日には、日航機がニューデリーで墜落して八十六人が死亡。さらに十一月には、同じく日航機がモスクワで墜落して、六十二人が犠牲になるなど、空の「大惨事」が続発していたのである。

一方、地上の政界では、自民党の田中角栄が「日本列島改造論」を提唱して「首相」の座につき、その改造を地でいったから、忽ち全国に「土地ブーム」が巻き起こり、「三割以上」の地価高騰が引き金となって諸物価を急上昇させ、「狂乱物価」という活字が、連日のように新聞や雑誌などに躍るようになってきたのだ。

私が勤めていた新聞社の購読料でも、昭和四十四年は「月極め七百五十円（朝・夕刊セット）」だったのが、五年後には二倍以上の「千七百円」にアップせざるを得なくなり、その対策会議のため、私も福岡・羽田空港間を一か月に何度も往復せざるを得なくなっていた。

そんな昭和四十九年の秋のことだったが、何度目かの東京本社での緊急会議が予定より早く終わり、帰りの羽田空港出発の時刻まで三時間近くあったので、学生時代によくうろついた新宿の盛り場に寄り道をしているうちに、つい出来心で「よく当たる」と評判の「姓名鑑定所」で、自分の姓名判断をしてもらったら、じつはこれが悪かったのである。

〈武司という名前は、「荒々しく司る」といって、平地に波乱をひき起こす字相。特に「空中災害といって、火と水の災難に遭う可能性」がある。戸籍の変更は困難なので、せめて「呼び名（仮名）」だけでもよいから、改名することを勧めます〉

といったご託宣だった。「空中災害」といわれて、真っ先に思い当たったのが、毎年のように続発している旅客機の墜落事故である。

しかも、この新宿の鑑定士の名前は、私でも週刊誌などで知っていたぐらいだから、受けたショックは大きかった。

もう呑《のん》気に繁華街などぶらつく気分にもなれずに、羽田空港行きのモノレールの始発駅である「浜松町」に向かうのに、逆方向の山手線に乗り、途中で気がついて慌てて次駅で跳び降りたぐらいに心が動転していた。

また、その日に限り、帰りの全日空便は、わざわざ乱気流の雲群を選んで飛行しているのではないか、と疑うぐらいに上下によく揺れてくれた。

シートベルトを締めたままの姿勢で、自分の座席が予告なしにスーッと垂直に降下していく時は、無駄だと分かっていても、両腕で思わず座席の肘掛けを押さえつけて、少しでも体を浮かそうと、つまらぬ努力をしてみたり、「非常口」と表示してある位置を、何度も確かめたりもした。

そして、ドーンと福岡空港の滑走路に車輪が接地し、乗客がゴソゴソしはじめても、私は疲れきって、しばらく立ち上がることさえ出来なかったのである。

また、「平地に波乱を起こす」という新宿の鑑定士のご託宣が、ホントに動き出したのかと思わせるような不思議な事態が起きたのだ。

私が「給料払い」で飲んでいた行きつけの小料理店の請求書が、時どき内容違いで送ってくるのに気付き、一度調べてもらったら、「すみません。岡本さん違いでした」と言って、集金係の女性が和手拭を持って「お詫び」に来たのである。

その集金係の話では、私が勤めている新聞社名と似通った社名の流通会社が、しかも近くにあり、その会社に、ナント私と「同姓同名」の男がいて、やはり同じ小料理店で飲み食いをしていたのである。

まったくの偶然とはいえ、新宿の一件から三か月も経っていなかった時だけに、この小料理店での珍事は、薄気味が悪かった。

こうなったら、もう一刻も早く「改名」するしかないと、追い立てられるような気持ちになり、早速、『改名辞典』や『運命鑑定』関連の書籍なども何冊か買い込み、「これまでのたけし」という呼び名は変えずに、誰も付けようとしない漢字を選び、しかも健康長寿で最良の運気を持つ字画数を選びだす」ことに決め、何度か行きつ、迷いつ、戻りつ、惑いつしながら、ようやく現在の「健資（たけし）」に辿りついた、という次第である。

ついでに白状してしまえば、この「健資」の字画数には、「健康にして福運あり、事業独立運強し。趣味に生き甲斐の後年運にも恵まれる」という小躍りしたくなるような解説まで付いていたのだ。

そんなに好い名前なら、何も「仮の名」にせずに、自分の「戸籍原本」から変えてしまおうという気になり、昭和五十年春、居住区の家庭裁判所に「名の変更許可申立書」を提出したのである。

その時、係官から「変更したい理由を、出来るだけ詳細に書くように」と言われたので、その理由記入欄はもとより、末尾の備考欄のスペースすべてを使って、「提出に至った理由」を、これでもか、これでもかと並べたてたのだ。

しかし、新宿の姓名鑑定士に言われた「空中災害の惧れ」だけは、さすがに除外した。

そして二週間後、「出頭せられたし」という通知状をもらい、中年の裁判官と書記の並ぶ前に座らされて、私は「改名すべき理由」を三十分余り喋りまくった。

初めは能面のようだった裁判官の表情が、途中から少しずつ緩みはじめ、終わり頃は和らいだ笑みまで浮かべはじめたのだ。

その私の「熱弁?」が功を奏したのか、どうか。——五月末、「健資に変更することを許可する」という審判書が送られてきた。

早速、本籍地の広島市役所で、「原本の改名手続き」を終ませ、昭和五十年六月十日付で、父が命名した「武司」から、自分が選んだ「健資」へと、文字通り生まれ変わったのである。

ところが、じつはそれからが大変だった。

現住所の市役所への「氏名変更届」の提出を皮切りに、勤め先への届出をはじめ、取引銀行や郵便局、社会保険、火災保険、生命保険、税務署などでの「登記変更」から「実印」の改作、届出、個人名刺の刷り替えなどなど。およそ、自分の世渡りに繋がるすべての諸届への煩雑さが、一斉にわが身に押し寄せてきたのである。

また、それぞれの届け先までの交通費や手数料なども馬鹿にならなかった。

さらに、自分の親戚たちをはじめ、友人、知人などへの「改名の挨拶状」づくりや宛名書き、その郵便料まで加わり、その年の後半は、ただそれだけで暮れたような気がする。

すると、今度は、それを受け取った親戚や友人たちに、頭の混乱を起こさせてしまったのである。

「どうして改名したのか?」「簡単に改名出来るのか?」「おれも改名したいので、その方法やコツを……」と訊いてきたり、さらに私への手紙の宛名に、「健司」あり、「健児」あり、「武資」あり、「健志」ありの、まさに百花繚乱の様を呈しはじめたのだ。

この混乱は、あれから四十五年が過ぎようという現在でも、毎年の年賀状のうち、何通かは恰も間欠泉の如く吹き上げてくる。

しかし、これは私が勝手に撒いた種だから、「名前が間違っています」とも言えず、相手が気付いてくれるまで待つしかないが、それでも、郵便局は、結構間違いなく配達してくれるから、不思議なものである。

かくして、私の「改名騒ぎ」は現在に至っているが、果たしてこの改名は「快名」だったのか、それとも「怪名」だったのか。

「人は棺を覆って決まる」というから、それはお任せするとして、私自身は負け惜しみじゃないが、「悔名」とは思っていない。

出来たら、「戒名」の中にも入れて、あの世まで連れていこう、とそこまで考えている。

十二、アロハ、アラモアナ！

正月休みの三日間、私が小倉市内のホテルに泊まり込んで、〈企業経営〉に関するHOW・TO本を夢中で読み漁ったのは、本名を正式に「健資」と改名した昭和五十一年の正月からである。

私が勤めていた新聞社を「定年退職」する日まで既に三年を切っていた。

先輩の何人かがそうしているように、「嘱託」の資格で社に残り、系列の小会社に三年ばかり〈役付〉でいく、という手もあったが、そうまでして、いつまでも〈新聞社〉に恋々としたくなかった。

時代も「脱サラ」や「ベンチャー・ビジネス」などの新しい風が吹きはじめ、街の書店の本棚にも、そんな新刊やビジネス経営に関する本が目立つようになっていた。

私は、その中から参考になりそうな本を何冊か買い込み、〈ヒントになりそうな項目〉を自分のノートに書き込んでいった。

その時の「計画可能ノート」が今も残っている。五十五歳からの再出発だから、かなり真剣だった。

今、改めてそのノートを開いてみると、〈ずいぶん突飛で、夢みたいな構想〉が並んでいる。紹介するのも気がひけるが、当時の自分が、正月早々ホテルの一室で真面目な顔をして、どんなことを考えていたかが、分かるので、恥ずかしいが、少しばかり取り上げてみよう。

先ず、「カラー煉瓦プロジェクト」という構想だが、〈煉瓦は、なぜ煉瓦色でなくてはいけないのか。——緑やピンクや紺色などの煉瓦があれば、街ぜんたいが、もっとカラフルになり、文字通り、「夢の街並み」にならないか。生きていく人間たちの愉しい場所なら、何も味っ気ない灰色のコンクリート墓場のような街ではなく、活々とした彩り豊かな町並みにしたらどうだろうか。化学研究所あたりとタイアップして、低コストでカラフルな煉瓦事業化に取り組め〉と、勇ましい言葉が躍っている。

次に、〈アニメーション・アドタワー〉というプロジェクトで、この構想は「回転式の広告タワーの銀幕に、美しいアニメーション広告を光の色彩で映し出すもの」で、いつまで見ていても飽きないような「踊る広告タワーを目抜きの街角に設置する構想」だった。〈タイアップするTV会社や広告代理店もその中に加えたらどうか？〉という但し書きまで挿入してある。

我ながら、傑作だと思ったのが、三番目の〈みみずグリーン作戦〉というプロジェクトだった。

アフリカ、印度、中近東あたりの都市周辺部の砂漠やオアシスの緑地帯に続く特定の砂漠地を選び、そこに日本や台湾あたりから運び込んだ何十万、何百万匹という大量の「みみず」を放ち、「窒素・燐酸・加里」を適度に混ぜた「糞尿土壌体質」に改良して、花や野菜、果樹園などを甦らせる〈グリーン化プロジェクト〉で、昼夜の急激な温度変化には、巨大なビニール・ハウスで温度調節を図り、水は近くの海水を「浄化プラント」で淡水化すればよい。金持ちの国なら出来ない相談ではなかった。

ただ、この作戦は、それらの国の政府との国家事業に発展させる必要があり、該当大使館とのコンタクトを必要とする、という付記までしてある。

この発想は、自分でノートに書き込みながら、さすがに苦笑したものだが、なんと、何年か後には、現地ではその事業化に成功しているのである。

該当国の都市周辺部では、巨大なビニールハウス風の建物が並び、その建物の中では、種々の花木が豊かな芳香を放ち、ブドウやメロンなども房になって垂れ下がっているのである。

もう一つ、変わったところで、〈照り焼きレストラン・プロジェクト〉という構想だった。

これは、日本独特の醤油や味醂味などで、現地とれたての魚介類や、牛や豚肉などを、ジャパニーズ・スタイルの「照り焼き」にして食べてもらう「TERIYAKI・RESTAURANT作戦」（海外版）で、現地の店の庭の周りには、「日の丸提灯」を巡らせ、店内は涼しげなせせらぎを設けて、日本の緋鯉などを泳がせ、従業員は全員、日本の法被姿、主要メニューも、すべて日本語という「照り焼きレストラン作戦」で、海外の著名な観光地（ハワイ、サンフランシスコ、ニューヨーク、モナコ、ナポリ、シンガポールなど）に展開するという構想だった。

笑われそうだから、このへんで留《と》めるが、「後発企業である以上、蜃気楼を追いかけるような夢みたいなプロジェクトを開発する必要」があったのだ。

格好よく言えば、〈ベンチャービジネス〉を、自分なりに狙っていたのである。

「ハワイ風のフルーツ・レストラン」を、北九州の小倉の繁華街につくろうという構想を持ったのは、その三年目の正月、例によって、お馴染みのホテルで、持参した朝日新聞社発行の「日本人の消費動向調査」というレポートを見ていた時だった。

その〈観光篇〉に、「あなたが、いちばんに行ってみたい外国の観光地は、どこか？」という設問に対して、約60パーセントの人が〈ハワイ〉と答えていた。特に男性よりも女性の比率が高く、中でも特に目立ったのは、20代の女性の実に80パーセントが、〈断然、ハワイ！〉と答えていたのである。

この若いＯＬや女子大生たちの凄まじいまでの〈ハワイへの憧れ〉を、何とか自分の事業計画に結びつける手はないものか？〉という思いを巡らせているうちに、〈ハワイ＝20代女性＝

フルーツ・レストラン〉という構図が、いつのまにか自分の頭の中で出来上がっていたのである。

つまり、店の雰囲気もメニューも、すべて、その南太平洋の楽園〈ハワイ〉に絞った若い女性向きの〈フルーツ・レストラン〉を、小倉の繁華街の一角につくれば、彼女らに〈格好の話題を提供することが出来、また必ず来てもらえる〉と、そう確信したのである。

さらに、この20代女性にあえて絞ったのは、〈一人当たりの飲食費が、男性の500円に対して、女性は平均700円を示し、特に20代女性では、約800円から900円近く〉になっていることも、そのレポートの中から摑んだのである。

私は、この「着想」に飛びついた。——不思議だったのは、これまで他の多くのプロジェクトが、なかなか着想の域から動き出そうとしなかったのに較べて、この〈ハワイのレストラン構想〉だけは、具体的なイメージを伴って、どんどん膨らみ、一人歩きをしはじめたのである。

先ず、店の位置だが、若いOLや女子大生らが常時集まっているハイセンスな店舗が並ぶ小倉の繁華街の一角に店を構える。

そして店の入口には、ハワイのフラダンス用の腰みのを捲いた等身大のマネキン娘を置き、頭上の竹籠には椰子の実をはじめ、パインやパパイヤ、マンゴーなどの熱帯果実を盛って店のイメージを印象づけ、店内のフロアーには芝生のカーペットを敷きつめ、椅子は籐椅子にして、正面の壁いっぱいに拡がったワイキキ海辺の電飾カラー写真を眺めながら、現地のココナッツ・ジュースやパインやグァバ・ジュースなどの熱帯果汁を愉しんでもらおう。

ＢＧＭも、すべてハワイアンやポリネシアの現地音楽を。そして、テイク・アウトにはマカデミア・ナッツや、ハワイの民芸品などを——といった大構想は、現実味を加えながら、どんどん拡がっていったのである。

さらに、桜の季節を迎えようとしていたある日、小倉繁華街の本通りの四つ角のビルに〈貸店舗〉と書いた貼り紙を、私は偶然に見つけた。

早速、その薄暗い二階の空室を見せてもらうと、広さが約50坪。当初、私が計画していた50席ほどの籐椅子が入るスペースは充分あったが、位置がメイン・ストリートから50メートルばかり外れた一角だったから、思惑通りの人の通行量が果たして望めるのか、どうかだった。

早速、二日ほど休暇をとって、私はその二階の空室から、〈午前中と午後の階下の通行量〉を密かに調べたら、小倉駅に通じる本通りは、男女の割合が殆ど違わないのに較べて、九州一の売上を誇るといわれているI百貨店に通じる階下の通りは、女性の買物客が圧倒的に多く、優に二倍以上にもなっていたから、その通り向けに強いアプローチを仕掛ける必要があった。

例えば、パインアップルの馬鹿でかい模型を、二階の店の角壁に飾りつけ、それにハイビスカスや椰子の長い葉を加えて、強力なスポット・ライトをそこに当ててもよいし、店の階段の入口には、風変わりな〈アンチークな時計〉でも設置すればよい。

要は、すこしでも通行人の視線を、二階の店に向けさせればよいのだ。

しかし、多少のネックはあるものの、今の場所を逃したら、この繁華街での私の〈ハワイ・フルーツ作戦〉は、先ず不可能と思ったから、早速そのビルのオーナーとの間に、正式な「賃貸契約」を結び、その八月初旬、その「フルーツ・レストラン」具体化のため、成田空港からハワイのホノルル空港へと飛んだのである。

現地の雰囲気と味を自分なりに確かめたかったのと、腰みのや民芸品などの買い付けや輸入商談などを兼ねた慌ただしい旅だった。

言ってみれば、かつての太平洋戦争時のハワイ真珠湾攻撃に発した〈ニイタカヤマ　ノボレ〉といったような、切羽つまった悲壮な心境により近かったといえようか。——

約六時間後に着いたハワイのオアフ島は、蒸し風呂のような日本の夏とは大違いで、〈サラッと乾いた陽差しが終日そそぎ、貿易風と呼ばれる爽やかな島風〉が、心地よくそよいでいた。

街角には、プルメリアの白い花々が、仄《ほの》かな芳香を漂わせ、ブーゲンビリアやハイビスカスの赤紅色の花々が、訪れる先々の丘や民家の庭先などを染めあげ、またゴールデンシャワーの黄色い花房が、高い樹の梢からブドウのように垂れ下がり、その奥には抜けるようなハワイの青空が拡がっていた。

さらに眩ゆいばかりの白い砂浜の先に展がるライトブルーのワイキキの海。その左先には、ダイヤモンド・ヘッドの山容が、シンボルのように浮きたっていた。

ここは、まさに「ブルー・ハワイ!!」――若い女性ならずとも、「世界の楽園」の名に恥じないだけの魅力、確かにあった。

同時に、私がこのハワイに焦点を合わせたことを密かに喜んだ。

しかし、私はただの観光客ではなかったから、愉しんでばかりはおれなかったのだ。

それらの輝くばかりの風光をカメラに納めつづけたのも、すべて店内に掛ける〈パネル写真〉で、投宿した〈アラモアナ・アメリカーナ〉というホテルの部屋に備えつけてあった〈アロハ・パラダイス〉という80ページばかりのガイドブック（無料）を入手するため、発行社の〈ハワイ報知新聞社〉を訪ねて、百部ばか

アラモアナ店取材のため、ハワイ訪問時の筆者（パールハーバー湾にて）

り貰ってきたり、現地の日本航空支店から〈ワイキキ通信〉というタブロイド型の新聞を七十部ばかり、〈店内の備付け用〉に貰ってきた。

現地の匂いのするものを、すこしでも自分の店に置きたかったのである。

さらに、ホテルのすぐ脇にある「アラモアナ・ショッピングセンター」で、マネキンに着せるフラダンスの腰みのをはじめ、木彫りの民芸品や現地音楽のテープ、サラダ類を乗せるモンキーポッドの木彫り皿や、タパ織りのテーブルクロスなどを、怪《あや》しげな英語を交えながら買い込んだりした。

この辺りまでは、事が順調に運んだが、肝心な現地飲料のメニュー研究や、その商談などが残っていた。

第一、「店名」がまだ決まっていなかった。折角の〈ハワイ丸噛じり〉の店にするのなら、その店名もハワイの現地語にしたかったのだ。

私は、そのショッピング・センターの前に展がっていた海沿いの〈アラモアナ公園〉の芝生の上に座り込みながら、店名にふさわしい現地語を、頭の中で拾い集めているうちに、〈天啓〉のように居座ったのが、なんとその公園名でもあった〈ALAMOANA〉であった。

調べてみると、そのハワイ語は「海沿い」とか「渚《なぎさ》」という意味らしかった。

私は、店の中央壁面に、このワイキキの海辺風景を電光写真で華やかに飾るつもりだったから、その〈アラモアナ〉（渚）という五文字の片仮名が、わが新店舗に最もふさわしいと思うようになったのである。

〈アラモアナ〉――よし、これでいこう！。会社名も、それに統一しよう、と心に決めた。気が付けば、投宿したホテルも、目前のショッピング・センターも、そして今、自分が座り込んでいる公園名までが、〈アラモアナ〉だったのも、何かの因縁だった。

こうして、私の〈アラモアナ・コーポレーション〉が誕生したのである。

私は早速、ダウンタウンにあった印刷所で、50枚ばかり〈新会社名〉の入った英文入りの名刺を拵え、著名レストランなどを地図を頼りに食べ歩いた。

その現地料理だが、肝心なハワイ料理は余りにも少なく、タロイモを練った〈ポイ〉という現地人の常食らしいものや、小豚などをバナナの葉などでくるんで蒸し焼きにした〈ルアウ〉という宴会料理か、〈マイマイ〉という魚の照り焼きぐらいしかなかった。

ホノルルの豪華なロブスターは有名で、日本では到底望めない味とボリュームだったが、これとて純粋な現地料理ではなかった。

已むを得ず、これぞと思ったその店の魚介料理を写真に撮らせてもらったり、「記念にいただけないか」と店のマスターに頼み込んで、〈メニュー〉の何冊かを入手してきた。

こんな時、自分の現地での〈新聞社名入りの名刺〉が効いた。現地取材と勘違いされたのである。

果実の関連業者巡りは、もっと大変だった。「アラモアナのハワイ・オフィスは何処にあるのか？」とか、「テレックスなどないのか？」などと訊かれるのは、まだマシなほうで、「失礼だが、九州は日本なのか？」とか、「九州は沖縄と一緒なのか？」と訊ねる業者までがいた。

そんな認識程度だったから、私が「貴社の商品を販売したいので、九州の総代理店にしてもらいたい」と、いくら力説しても、ただ、笑って両手を横に振る始末だった。

ただ、アロハやTシャツなどの販売会社が、辛うじて「LC決済（相互の銀行仲介による信用取引）なら考えてもよい」と言ってくれただけで、現地の有力商社の殆どは、東京や大阪などに総代理店を設けており、新参の入り込む隙間もなかったのである。

特に〈けんもほろろ〉だったのは、〈果実〉などを扱っている貿易商社であった。

「そういう話なら、日本の大手商社と相談しては？」と言う。その商社名を訊いても、「そんなことは、日本で調べろ」と、取りつくしまもなかった。

気の毒に思ったのか、日系二世らしい男が出口まで追ってきて、「我々も、もっと取引をしたいのだが、日本政府が許可しないので、どうしようもないのだ。むしろ、そっちのほうを、あなたも突っついてもらえないか」と逆に頼まれた。

実は、私も不勉強だったのだが、その果実や果汁類は〈ＩＱ商品〉といって、「輸入制限品目」になっており、一定の割当量しか輸入出来ない仕組みになっており、その割当量の輸入さえも、全て名のある日本の大手商社が独占していたのである。

こうして、私のハワイでの前哨作戦の仕事は終えた。

しかし、疲れをとる暇などなかった。

私の定年退職日は、既に三か月を切っていたのだ。

早速、市内でも名の通った「店舗内装業社」との打ち合わせにかかると同時に、北九州の「飲食業界」でも名の知れた、また自らも小倉の繁華街中央の〈ファッションビル最上階〉で「珈琲喫茶」の繁昌店を経営している〈Ｋ氏〉に、アラモアナ店の「料理指導」をお願いすると共に、これまで自らが教え込んだ若い有能な「調理師三名」をも紹介してもらった。その〈Ｋ氏〉の後日談だが、「素人のあなたがこんなことを考えていたとは、正直言ってビックリした。あなたから、全国有名店のアイデア料理ばかりのスクラップ二冊を見せられ、「この中からポリネシア風のイメージを盛ったデザート料理を20種ばかり選んでくれ」と言われた時、〈これは面白い〉と思い、あなたの意気にも感じてお引き受けしたものの、果して、どんな材料で、どんな料理に仕上げたらよいのか、私がハワイを知らないだけにまったく五里霧中だった」と、笑いながら述懐されたのだ。

私も〈恐いもの知らず〉で、ずいぶん突飛なお願いをしたものである。

そのK氏とは、〈珍しい味、珍しい容器〉を捜すため、一週間ばかり、二人で東京の銀座、青山、渋谷あたりのフルーツ・パーラーを食べ歩いたり、どの店にもない食器類を求めて、浅草の卸店街を彷徨ったりもした。

こうして、全くどこにもない〈メニュー〉が出来上がり、昭和五十三年の十一月二十日、〈ポリネシア風・フルーツレストラン――アラモアナ〉が、小倉繁華街の一角に、華々しく誕生したのである。

私の退職日から二週間後のことであった。

〈アロハ！　あなた、ご存知ですか？――小倉・魚町のど真ん中に、〃フレッシュ・ハワイを直輸入した九州発のポリネシア風のフルーツ・レストラン「アラモアナ」が誕生!!〃〉という派手な広告チラシをつくって、北九州所在の各新聞社やテレビ局、銀行、商社などが入ったオフィスビル、さらに女子大の校内などにもバラ撒く一方で、『世界の楽園といわれるハワイ、タヒチなど、ポリネシア風のムードと味覚を私なりにアレンジしたフルーツ・レストランを、小倉繁華街の一角にオープンいたしました。店の外壁に、パイナップルの飾りと電気時計を取り付けましたので、それを目印にお出で賜りたく……』といったような私の挨拶状を、市役所や商社、マスコミ各社などに送りつけたのである。

店内のBGMも、一日中、ハワイアン・メロディやタヒチ、トンガなどの強烈なリズムを掻き鳴らし、メニューにも、〈九州では初のお目見え――〝椰子の実ジュースや、ハワイのグァバ・ジュースやパパイヤ〟、プルメリア・クレープに、タヒチアン・サラダ。食べ物では、ポイポイ・ライスやタヒチアン・カレー等々〉――現地名のデザート料理を二〇品目ばかり、派手にメニューに入れた。

そんな物珍しさも加わってか、開店早々、五十五席の籐椅子のテーブルが、終日満席の状態となり、食事時には入りきれずに、階段に腰掛けて、じっと待っているOLや女子大生らには、〈ジュースのサービス券〉を渡して順番を待ってもらったりした。

また、その連日の盛況を知ってか、新聞各社やTV各局からも取材が加わりはじめた。

福岡の民放テレビ局などは、TVカメラを店内に持ち込んで、食事中の女性客などにインタビューして廻ったり、朝日系のKBCテレビなどは、中継車を前ぶれもなく階下に停め、飛び込んできた女性アナから、「今、中継中なので、この店のめぼしいハワイ料理を五分ばかりで説明してください」と言われ、面食らったこともあった。

少し面映ゆいが、マスコミの目に映ったアラモアナの記事を、もう少しばかり抜粋してみよう。

〈名も知らぬ遠き島より――〉と、島崎藤村がうたった椰子の実のジュースが飲める九州では初のお目見え――パインやオレンジをミックスすると、格別な味に変わる。一杯四百円。珍しいわりには値段も手頃。フルーツにはビタミンも多く、美容、健康にもよい。そのためか、店内は若い女性が圧倒的に多く、はなやいだ雰囲気に包まれている〉（朝日新聞）

〈ハワイ、タヒチなど、ポリネシアのムードとバラエティな味を楽しんでもらおう、というのが、この店のねらい。店内には、フラダンスの腰みのやハワイの彫像、ワイキキ海岸の電光写真、椰子の樹には実がさがり、ポリネシアのムードたっぷり。この店の自慢のココナツジュースは、経営者が自らハワイに行って味を仕入れてきたというだけあって、本物のうまみがある。果実をふんだんに使ったハワイアン・クレープの人気も高い〉（読売新聞）

〈ハワイで名のあるポイ料理を日本風にアレンジしたその名も〝ポイポイ・ライス〟と明るい南太平洋のイメージにぴったりのメニュー。バターライスに豚肉、千切りのタクワン、海苔、その上に梅干を混ぜたヤマイモ料理。――「ハワイの味は大ざっぱ。繊細な日本人の口に合うように工夫するのが大変でした」と経営者の岡本社長が言うだけあって、〈細心にして大胆〉

がこの店のキャッチフレーズ。トロピカルムードたっぷりのこの店で、過ぎ去った夏のメモリーを思い出すのも一興か！〉（西日本新聞）

また、その翌年の夏、全国の「喫茶・飲食業界」でも名の通った東京の『柴田書店』から、「わが社の〈月刊・喫茶店経営〉に貴店を全国に紹介したいので、わが社の記者とカメラマンを向ける。よろしく頼む」という電話依頼も来た。

その取材記事が一か月後のその豪華な『月刊誌』に四頁のグラビア特集となって全国に紹介されたのである。

〈ハワイをテーマに、ユニークな商品で女性客（90％）を射留める九州・小倉のアラモアナ——独立して開業する場合、まずそのアウトラインづくりから始めるのが常道——経営者の岡本健資氏は、朝日新聞社で、主に企画開発などに携わってきた人で、「喫茶店経営」という面からみれば全くの素人。定年退職後に喫茶店をもった経営者の大半は、誰でも気軽に入れる店・・・づくりをしてしまいがちだが、それを岡本氏はスッパリと割り切った。

〈20代女性→ファッション→ジャー→海外旅行〉と、イメージを客の立場からふくらませていき、行きついたのが「ポリネシア・ハワイ」。テーマが見つかればしめたもの。後は内装デザイン、メニュー開発に全力を投入してつくった結果が〈アラモアナ〉という形になった。

小倉の繁華街の一角でも、間口が半間にも満たぬ階段が入口。決して良い立地とはいえぬ。

しかし店内は、まさに女性の園。男性は岡本氏と調理係の従業員たちぐらい。

ヤマイモをタロイモにみたて、アレンジしたポイポイライス。同じく雑炊のなかにヤマイモをすり下ろしたトンガ鍋、と岡本氏苦心の作のメニューがズラリと並ぶ。――昭和五十三年のオープンと同じに、クレープを商品化して定着させたのも、小倉では同店が最初。またメニューに一貫している点は、ボリュームがあることだ。女性だから分量をどこも少なくしがちだが、まったくそれをしていない。――同店でおしゃべりをしながらの食事と喫茶は、20代女性にとって、ちょっとしたご馳走なのである。土、日は昼から満杯。平日でも日商十三万円。日・祭は二十万円強を売り上げる繁盛店を岡本氏は創り上げた。〉

いささか褒め過ぎの感がするが、よほど嬉しかったのか、私は夜中に起き出しては、何度もそのグラビア頁を開いたものである。

また、そんなアラモアナの記事が新聞・雑誌に載るたびに、閉店後、ハワイのプリモビールで乾杯しながら、調理係の四名に、「料理はアイデアだ。どこにもないメニューを今後も創っていく。丸いだけがグラスじゃない。三角でも四角でも、グラスはグラスだ」とハッパをかけた。

そして、口ぐせのように〈迅速・確実・スマート〉を強調した。――これは、かつての私の海軍時代の〈ネービイ三原則〉を、経営や料理にも適用させたのである。

また、先の『月刊・喫茶店経営』の反響も大きかった。――甲府の観光ホテルから、「雑誌で見た。差し支えなかったら、あの写真にあったジュース・グラスの仕入先を教えてくれないか」という問い合わせが来たり、徳山や久留米、長崎などのレストランからは、「チェーン店を出す気はないか」とか、「料理のご指導をお願い出来ないか」という電話までが架かってきたり、「雑誌で紹介されていたココナッツ・ジュースを何ケースか卸してもらえないか」といった注文までが飛び込んできたのだ。

この道30年の料理顧問をお願いしているK氏からも「この店の繁昌振りは異常だ。あなたのアイデアは成功しましたねえ」と笑って肩を叩かれたのである。

しかし、売上げが異常に高まるということは、それだけ店が忙しくなることで、当初、予期していなかったトラブルまでが次々に起こってきたのである。

先ず、従業員たちは、休憩はおろか、食事をとる暇さえなくなってきたのだ。

午後八時のオーダーストップの後で、昼と夜が一緒になった食事に、やっとありつくような日が重なりだしたのだ。

「この店、すこしおかしいんじゃないですか。食事を出す店で、そこの従業員が夜の閉店まで食事もとれない店なんて、今まで見たこともないですよ」と、皮肉まで言って辞めていくバイト女性が何人も出てきた。

仕方がないので、時々、駅弁や仕出しを頼むこともしたが、今度はその箸を取る暇もないのだ。

また、こんなこともあった。——アルバイトのウエイトレスが小走りで運んでいったジュースや山盛りになったパフェが、トレイ（盆）から滑り落ちて、着飾った女性客の衣服を汚すような事故も増えだした。

私は、その都度、そのお客ところに跳んでいき、平謝りに謝まったうえに、相応のクリーニング代まで手渡した。

普段服なら、まだそれもしれていたが、正月や成人式、それに女子大学の卒業式の日などは、何十万もするような晴着で溢れたから、もひとつ気を使わなくてはならなかった。

皮肉なことには、そんな日に限って余計に忙しく、またトラブルも続出した。

ある時など、そんな女性の晴着に、イチゴ・パフェを引っかけ、私はクリーニング代のほかに、自宅までのタクシー代まで弁償したこともある。

フロアーばかりでなく、狭い厨房の中でも思わぬ事故が続出した。

料理造りを急ぐあまりに、誤って包丁で掌を切り、噴き出す血を押さえながら、近くの医院に駆け込んだり、皿洗いの女性のバイトが、縁の欠けたグラスの先端で右指先を切り、一緒にその医院に急いだら、盆休みで休診。已むなく、私が知っている外科医院までタクシーを飛ばして頼み込み、五針ばかり縫ってもらったこともあった。

そんな事故が重なったりして、一日の営業を終えた時は、ホッとする前にグッタリとなり、食事をとる気にもなれずに、ただ躰を椅子にうずめる夜が多くなってきたのだ。

忙しいことは好いことに違いないが、度を過ぎると、それが毒になって返ることもある。

そんな心労が重なったからか、私は急に体調を崩しはじめた。――時々、立ちくらみがしたり、尿に赤いものが混じり、夕刻になると烈しい悪寒に見舞われだしたのである。

単なる疲労だと思い、四、五日、自宅で寝ていたが、血尿も悪寒も強くなるばかりで、胃の辺りまでが、キリキリと痛みはじめたのだ。

急いで近くの病院で〈精密検査〉を受けると、〈急性の膀胱炎で、肥大も大きく、また胃潰瘍までも併発しており、店の立ち仕事を止めなければ、先で癌《がん》になる可能性すらある〉と言われ、即時、治療と休養をとるように宣告されたのである。

日曜も祭日もなく、六年間、朝から夜の十時過ぎまで夢中で突っ走っているうちに、六十歳の体力のほうが、既にその限界を超えていたのであろう。

自宅で横臥を続けているうちに、残念ながら、この〈ハワイ作戦〉の鉾を収める時期が、そろそろ来ていることに、私は気付きはじめたのである。

その頃、私はその〈ハワイ・レストラン〉のほかに、台湾の友誼企業の協力で、現地の果実や雑貨の開発輸入の計画を少しずつ進めていたのだ。

しかし、この〈ポリネシア風フルーツレストラン〉の火だけは消したくはなかった。十年近く、苦労を重ねたこの仕事には、尽きない愛着があったから、私の気持ちをそのままの形で継続してもらえる経営者にそっくり譲渡したかったのである。

料理顧問をお願いしているそのK氏に、今の自分の心境を打ち明けると、「惜しいなあ」と何度も頷かれたが、「いい後継者が出るといいがねえ。自分も今のこの喫茶店で手いっぱいだし……」と言葉を濁されたのである。

気が付いたのは、そのK氏を私に推薦してくれた、現にその後も全社挙げて協力してくれている「珈琲・食品卸商社」のW社長であった。

早速、彼の経営する〈W珈琲商事〉の社長室を訪れ、今の私の心境を正直に打ち明けると、

「もし、よろしかったら、あなたの後を、この私にそっくりお譲りいただけないか。譲渡価格もあなたの一存で結構。従業員も全員わが社に引き受ける」

ということになった。

しかも、私の言い値通りの価格で、しかも即金で買い取ってくれたのである。

業界からも注目され、繁栄を続けていた最中の譲渡だったから、私も譲渡甲斐があった。

こうして、七年目の五月末、私は思い出尽きない「アラモアナ店」と別れたのである。

店は、その後も変わらぬ繁昌を続けていた。

時々、気になって、密かに立ち寄ると、テーブルの向こうから、私に挨拶を送ってくれる若い女性客が、まだ何人もいるのだ。

そんな時、私は、この「ハワイ風フルーツ・レストラン」を開発してよかった、という幸福感にも似たものを、しみじみと噛みしめるのである。

〈アロハ、アラモアナ！〉

十三、往生適齢期

私が「古稀《こき》」という七十歳の大台に乗った〈平成六年六月六日〉（奇しくも六が三つも重なった妙な日）であった。

「心臓冠動脈」の急変で、北九州の病院に入院した時のことである。

午前五時を少し回った時刻だったが、妙な胸苦しさで目を覚まし、念のため血圧を測ると、〈上が200で、下も150〉。何度測り直しても、その数値があまり変わらないので、意を決して〈救急センター〉もあるその病院に、妻と一緒にタクシーで駆けつけた。

早速、出てきた内科の当直医から、何やら黄色い液を口中に吹きかけられて、再度測った血圧も、やはり〈上が180で、下も100〉に近かった。

「しばらく安静に」と言われて、そのまま救急のベッドに寝かされ、途中で点滴注射をされているうちに眠ってしまった。

目が覚めると、担当が循環器科に替わり、その主治医らしい中年の藤井医師から、「軽い心筋梗塞の発作です。血圧は、いちおう正常に戻ってますが、すこし検査を続けますので、このまま入院してもらいます」と、いきなり言われてしまった。

私も神妙に、「ハイ、分かりました。では一度、帰宅して入院の準備をしてきます」と言って、ベッドから起き上がろうとしたら、「いや、準備は奥さんにお願いして、あなたは、このまま寝ていて下さい」と、宣告されてしまったのである。

そして、「これまで、何か普段とは違うな、と思ったことはありませんでしたか？」と訊かれた。

そう言われてみれば、最近の自分の行動で、大いに思い当たることがあったのである。

この一年半ばかり、私は過ぐる「太平洋戦争」に一緒に出陣した同期の『海軍飛行整備科予備学生・出陣50年記念誌』制作の〈編集委員長〉をやらされ、全国に散らばっている同期たちから送られてくる原稿や当時の現地写真などの〈編集・整理〉の仕事で、朝から夜の十時過ぎ頃まで、文字通り、毎日掛かりきりだったのである。

そのせいか、朝の起きたてに、凝《こ》った肩をすこし回すだけで、〈コキコキ〉と骨が鳴るのだ。〈コキコキと骨も鳴るなり古稀《こき》の春〉という駄句までつくって、その年の年賀状に添え書きまでしたぐらいだった。

そして三月初め、その整理を終えた全ての原稿を、地元の印刷業社に回し、ホッと一息ついていたら、今度はこんな電話が、朝日新聞東京本社の〈社長室〉から架かってきたのである。

「いま、社長室に、松本清張さんのご長男の方が来《こ》られて、亡父の小倉時代の思い出の品などを捜しておられ、どなたか当時のことをよく知っている方を紹介してくれ、とのことなので、あなた一つご協力願えないか」

という社長からの依頼電話だった。

三日後、小倉駅前のホテルで、その清張さんのご子息と、同行していた『文藝春秋社』の〈清張番〉だったという藤井康栄記者の二人とお会いして、私が清張さんから「芥川賞受賞記念」にいただいた〈鼈甲作りのシガレット・ケース〉などを差し上げたが、「もし、よかったら」と断って、私が清張さんが亡くなった年、書いた〈松本清張との思い出〉と題した手記めいた五十枚ばかりの原稿があったので、その原稿も差し上げたら、大変喜ばれた。

ところが、それから何か月か後のことだったが、同行されていたその藤井康栄記者から、「あの時、あなたからいただいた原稿を〈文藝春秋の〝松本清張・三回忌特集〟〉に掲載させていただきます」

という電話までいただいたのである。

多少、舞い上がっていたそんな時、出来上がった『海軍予備学生・出陣50年記念誌』を、その五月の連休日に開催した新潟での〈海軍同期会〉に集まった六十名近い〈同期の連中〉に配り終えたその翌日には、東京の「靖國神社」にまで立ち寄り、戦死した十九名の同期仲間の

〈霊安かれ〉を祈ったその足で、羽田空港から鹿児島へ飛び、「鹿屋」と「知覧」の元特攻基地を歩き回ったりして、我が家に帰り着いたのが、ついこの十日ばかり前だったのである。

まさに、頭と体の疲労が一気に吹き出していた時だった。

すこし、回り道をしたが、こうして入院した私は、その翌日から、もろもろの検査が始まった。

胸のレントゲン撮影をはじめ、〈CTスキャン〉〈マスター・ダブル〉とかいう検査が続いたあと、右の太腿《ふともも》の動脈から〈カテーテル〉と称する極細の管を差し込み、その中に特殊な液を注入しながら撮影した〈冠動脈の造影テープ〉を私に示しながら、その主治医の藤井先生から、こう告げられたのである。

「左の主幹部が極端に詰まっています。その狭窄率は、一本が90パーセント。もう一本も75パーセントで、詰まっている箇所も悪い。風船療法というやり方もあるが、あなたの場合は、治療というよりも、もはやバイパス手術（CABG）の段階です。明日、福岡の和白病院（姉妹病院）から〈心臓血管外科〉の小迫先生が来られますから、その時、詳しく説明させてもらいます」ということになったのである。

翌朝、その九州大学出身で、最近、アメリカ留学から帰ったばかりの〈小迫専門医〉から、〈バイパス手術の手順〉についての詳しい話があった。

専門用語が入るので、すこし理解しづらかったが、何でも、〈一時、心臓を停めて、一本を内胸動脈に、もう一本を胃の大網動脈に繫ぐ〉というのである。

「先生、心臓を停めるのですか?!」と訊くと、「ハイ。そうしないと、心臓のバイパス手術は出来ませんから」と、簡単に言うのだ。

「でも、ご心配なく。人工心肺を使いますし、電気ショックで元に戻してあげますから」と付け加えて、ニッコリと笑ったのだった。

私が、成功率を訊くと、「98パーセント」と、人差指をたてて、もう一度、ニッコリした。

私は思わず唾《つば》を飲み込んだ。(あとの2パーセントは失敗?——つまり死か?)

「全力を尽くします」と、あえて強調されると、さらに不安が増幅してきて、私はその夜から〈安定剤〉なしでは、眠れなくなってしまったのである。

午後九時の消灯後も、暗いベッドの中で、いつまでも〈輾転反側《てんてん》〉するばかり。頭の芯が妙に冴え、閉じた瞼《まぶた》もすぐ開いて、イヤな妄想までが、闇の中に浮かび上がってくるのだ。

〈そこだけが、スポット・ライトを浴びて、白く浮かび上がった丸円の中に、棺桶が一つ。その中に白装束の自分が横になり、それを自分の妻や子どもたちが、ジッと上から見下ろしている〉かと思えば、〈火葬場の暗い窯の中で、白骨になった自分が、鉄扉の開くのを、ジッと待っている〉――そんなことを想像している自分に気がつき、私は慌ててベッドの上に起き上がった。

火照《ほて》った頭が次第に冷めかけてきた時、私は急に「よし、遺書を書いておこう」という気を起こし、傍の小机の引き出しから、そっと手帳を取り出したのである。

〈これまで、いろいろとお世話になった。ありがとう。……〉と、ここまで書いたら、なぜか、その先が出てこないのである。

これは、どうしたことか？――〈今わの際《きわ》〉だというのに、自分の家族たちに残すべき最後の言葉が見つからないのだ。

焦れば焦るほど、頭の中が熱くなり、空白になっていくばかりで、私は遂に手帳を閉じ、頭上のスタンドの灯りを消して仰向けになった。

〈自分の七十年の人生とは、いったい何だったのか。……〉

私は、打ちのめされたような暗澹とした気分に落ち込んでいったのである。

こうして、一週間ばかり経った六月十五日。いよいよ手術のため、福岡の和白病院に移動することになった。

病院車には、私と、洗面用具や下着などの私物を提げた妻のほかに、万一の輸血用にと採血された〈400cc〉かの私の血液が入った冷凍函がひっそりとお伴をした。

車が間もなく、穏やかな勾配の道から広い高速道路に出ると、風景が一変した。

遥かに望む工場の二本の煙突から吹き出す煙が、朝の光の中で白く輝き、道路沿いの竹林の緑も鮮やかで、周りの丘も、もうすっかり春から夏の装いに移っていた。

さらに、丘に沿って並ぶ家々の庭先から覗いている紫陽花《あじさい》や夾竹桃、白百合など花鉢の美しさ――これまで何度もこの道路を通っていた私だが、これほど輝いた風景を一度も見たことがなかった。

しかし、しばらくそんな風景を眺めているうちに、私の心は逆に暗くなっていった。

〈もしかしたら、これらの風景を見るのも、これが見納めになるのかもしれない〉と、そう思いはじめたのだ。――さらに、それらの家に住んでいる人たちも、庭樹やそれらの鉢植えの花々も、やがて夏が過ぎて秋になり、雪の冬も過ぎて再び春が訪れて花々が咲きはじめても、何一つ変わらずに、今と同じように、朝の光を浴びながら、同じようなことを繰り返しているのだろうか?

そんなことを、暗い〈深海〉のような病院車の中で、じっと考え込んでいる自分に、ふっと気がついたのである。

そして、午前十一時過ぎ、福岡の和白病院にやっと着いた。

運転手が私の輸血函を医療室に届けて間もなく、「やあ、着きましたか。きつくなかったですか?」と、小迫主治医が迎えてくれた。

そして、「二回目の採血をするつもりでしたが、中止します。小倉の採血分だけでOK!――いや、それも必要なくなるかもしれない。その時は、あなたの体の中に返してあげます」と付け加えられ、これまで重たかった私の思いが、いっぺんに晴れ上がったのである。

そして数日間、再び、種々の検査が続いた後、いよいよ、やってきた手術の日――妻や東京から駆けつけてきた二人の子どもたちと、ストレッチャー(患者運搬車)の上から手を振りながら〈別れ〉を交わし、私は点滴をしたまま、〈ICUセンター〉の眩し過ぎるぐらいの手術台に移された。

「さあ、麻酔を入れますよ。ゆっくり昼寝でもしていてください」

と、米病院留学で二百人近い患者の「心臓バイパス手術」を施してきたという小迫主治医が、にこやかな笑顔で私の掌を握って、十秒もしないうちに、スーッと自分が消えてしまったのである。――

それから、タップリ六時間余り――その間に何が起こっていたのか。途中で私の心臓を一時間余り停めたらしいが、何ひとつ覚えていない。——

そして、ふっと、自分にいつもの朝の目覚めのような爽やかさがやってきた。

「It's All Nice!!」——ベッド脇の小迫先生が、いきなり自分の親指を立てながら、ニッコリしたので、〈ああ、自分は助かったのか！〉と、そのことにやっと気付いたら、再び眠気が襲ってきた。

「お父さんは、もうしばらくお休みになりますので、どうぞご安心して控え室へお戻りくださ い」

と言う私の家族たちへの小迫先生の声を、かすかに耳にしながら、私は再び眠ってしまったのだ。

そして、その翌朝から始まった「心電図検査」や「心臓エコー検査」等々の検査の後、その先生の「It's All Nice!」を何度か聞いているところへ、「ご家族の方が来られています」と、ナースが言ってきた。

「ああ、丁度よい。検査の結果を詳しくお話してあげよう」と先生が去った後、しばらくして、妻と子どもたちが、にこやかな表情で寄ってきた。

「よかったねえ」「おう、ありがとう」と何度か言い交わした後、「それじゃ、これから東京へ帰るから」という子供たちと、再び強く掌を握り合いながら、別れたのである。

こうして、その三日後、私は〈ICUセンター〉から別の〈集中治療室〉に移され、さらに〈観察室〉という部屋を経て、二週間ぶりに、やっと一般病棟に戻ることが出来たのだが、代わりに、私の身に〈一級・身体障害者〉という新しい肩書きが増えてしまったのである。

自分が、いきなり〈賞味期限〉の切れた人間になってしまったようで、これまで味わったこともないような〈奇妙な寂寥感〉が、新たに自分の中に拡がりはじめたのだ。

しかし、その先生からも、「これからは好きな旅行でも花いじりでもして、せいぜい人生を愉しんでください」と、逆に励まされたが、自分に新しく加わった「身障者」という思わぬ重みは、当分除《と》れそうもなかった。

こうして、その二週間後には、再び小倉の病院に移り、再度の〈冠動脈カテーテル検査〉でも「異常なし」となり、二ヵ月ぶりに、辛うじて「退院」の運びとなったのである。

ところが、これは全くの偶然だったが、〈松本清張三回忌特集〉の『文藝春秋』誌（8月号）が、つい数日前、書店から発売になったばかりだった。

前にも書いたが、私の「新聞社時代の松本清張の思い出」を書いた原稿も、その『文藝春秋』誌に掲載されていたから、早速、書店から数冊買い込んで、小迫先生をはじめ、関係してもらった医師にも、〈お礼〉の意味で、差し上げたら、「へーえ、あなた、清張さんとお知り合いだったの！」と、目を丸くして喜ばれたのである。

病院を一歩出ると、そこは、まさに〈夏まっ盛り〉の世界だった。〈ワッシ！　ワッシ！〉と、どの樹からもクマ蟬たちの叫び合うような鳴き声が、自分の衰弱した腹の底まで響き、照りつける八月の炎天の中で、私は危うく眩暈《めまい》を起こしそうになった。

それでも弱った足を引きずりながら、やっとの思いで、わが家の近くまで辿りついた時、私は思わず目を見張った。

わが家の庭のノウゼンカズラが、隣のヒマラヤ杉の小枝に絡みつきながら、橙色の花弁を七つも八つもつけて、私の帰宅を迎えてくれていたのである。〈懐かしさ〉というよりも、〈命が助かって帰ってこれた〉という素直な歓びが体じゅうに拡がってきて、今までふらつき気味だった足も、急に軽くなってきた。

さらに、自分のベッドが軋《きし》む音までが愉しく聞こえ、洗面所の井戸水までが、氷水のように冷たいのも、生きて帰れたこその嬉しい発見だった。

また、その翌朝のテレビが、広島の「原爆慰霊忌」の実況を報じているのを見ながら、「ああ、今日は八月六日だったのか」と、改めて気付くなどして、私は少しずつ〈日常の感覚〉を取り戻していった。

しかし、どうしても吹っ切れなかったのが、私が「一級・障害者」になったという肩書きだった。つまり、「賞味期限」の切れかけた人間になったということである。

その一週間後から始まったk病院の「定期外来」の藤井先生からも、「家でジッと塞ぎ込んでいても体に悪いので、出来るだけ歩け」と言われて始めた近くの公園散歩も、時々、立ち止まることが多かったが、何かの弾みに、いつものコースを逆に歩いていたら、今までの馴染んでいた風景が、まったく別の道の風景に見えてきたことに気が付いたのである。

この発見は、自分にとって初めての驚きだった。

〈同じ道でも、歩き方を変えれば、別の道になる〉

人生だって、自分の考え方次第では、別の風景を歩くことだって出来るのだ、とそう思うようになったのである。

永六輔氏の『大往生』（岩波新書版）を手にしたのが、ちょうどそんな時だった。

語り口が、さすがに〈軽妙明快〉――。

〈往生とは死ぬことでなく、往って生きること〉〈死んだというからおかしいので、先に往っただけのこと〉〈毎晩死んで、毎朝目が覚める。その繰り返しに過ぎない。そして目が覚めない状態になったのが、つまり死〉――

そんな短文を拾い読みしているうちに、死は、一つの通過点に過ぎない、と私も思うようになったのだ。

七時間死んで目が覚めた自分の体験もある。それなに、もっと気楽に自分の通過儀式を考えればよい。

そんな考え方を巡らしているうちに、ふっと気が付いたのが、これまでの「死の儀式」の中で、いちばん気になっていたのが、あの「骨揚げ」の時の空しさである。

なぜ、あんな〈傘立て〉を小型にしたような味けない暗い壺に入らなければならないのか。自分の「終の棲処《すみか》」になるものなら、もっと明るい華やかな棲み心地のよい壺に入りたい、と思っていたのだ。

〈よし、これから自分の気の入った壺を捜そう〉と思い始めた。

だが、名の通った陶器展示即売会や街の民芸店など覗いても、派手な花器や絵皿などはあっても、「蓋つきの壺」など何処にもない。

たまたま百貨店で見つけても、〈それは梅漬けの容器だ〉と言われ、鼻白む思いをした。

そこで思いついたのが、台湾の花壺だった。

じつは、私は戦前の台湾で生まれて育った台湾っ子で、言わば台湾は私の「ふるさと」である。とすれば、その故郷の土で捏《こ》ね、故郷の窯《かま》と火で焼いた器こそ、自分にとって最良の「終《つい》の棲処《すみか》」ではないのか。そう思い、早々と〈骨壺を探す故郷の旅〉に出かけた。

そして五日目だったか、目指す自分好みの〈蓋《ふた》つきの花器〉に出会ったのである。

その花器は、タテ、ヨコ15センチほどの丸壷で、中央の部分には16枚の薄紅色の花弁をつけた蓮花が三つ描かれて、それぞれの縁の花房の頭には、蓮根状の黄色い孔が10ばかりかれんに覗いていた。周囲には紅、黄、緑、紺四色の小花が星屑のように撒かれている陶工の品性まで匂ってくるような花器なのだ。しかも蓮花は、極楽に往った人が坐《すわ》る座でもあるらしい。

私は早速、その花器を抱くようにして「帰りの航空便」に乗った。

これで、通過点での私のあの世での「棲み処」は準備完了した。

あとは、その「旅の始まり」を待つばかりである。

さあ、その「始まり」が「いつ」来るのか。ただ、この世で、すこしやり残していることもあるので、その私の「今」は、もうすこし先の、叶《かな》うものなら、九十代を過ぎた「緑の風そよぐ五月の節句」頃にお願いしたいのだ。

というのは、かつての私の上海の「海軍特攻基地時代」に、ひそかに作っていた「辞世の句」が、まだ使われずに残っていたからである。

〈今日からは吾れも友なり鯉《こい》のぼり〉

十四、九十四歳の夏唄

耳には補聴器　目は白内障
　歩く姿が背柱管狭窄症
杖を頼りのトボトボ歩き
　ヨッコラショで坐りこみ
　　ヨイショで立ち上がる
頭は堤の枯れススキ
　昔のことは覚えていても
　　昨日のオカズは何だっけ
九十四歳、物忘れ以上呆け未満
　気にしない　気にしない

流水濁らず　夢人老いず
心は季節の花ざかり

十五、一〇〇歳の戯《ざ》れ句集

▽産《う》ぶ声挙《あ》げて百年目
今日も晴れてか台北《ふるさと》の空

▽人生百歳は
長寿なのか　生き残りなのか
秋の浮き雲に訊《き》く

▽〈百歳達成を祝す〉と
岸田総理からの祝状と
銀盃前に考える
おめでたいのは頭だけ

100歳記念　岸田総理からもらった祝状と銀杯

▽ほう元気ですなと
　褒められながらの医者通い

▽昨日が去って
　今日が来て
　　明日が分からぬ
　　　それが人生

▽何年生きたかでなく
　どれだけ愉《たの》しく
　　生きたかである

▽〈桜散る〉戦いの庭で
　何度書きしかこの言葉
　　今年も〈散らず〉に
　　　百歳の春を過《す》ぎゆく

▽駄句もまた
　生きてる証しぞ
　　今日また一句

▽長生きのコツ？
　簡単だ
　　死なないように
　　　すればよいのさ

▽人の世は
　早いか　遅いかの違いにて
　　長きが故に良いことばかりなし

▽死ぬ日まで
　働きなさいか敬老日

▽咲いた咲いた
　桜じゃなくて
　　木瓜《ぼけ》（呆け）の花

▽人間にも死に時がある
　死に損なうと
　　ロクな老後が待っているだけ

▽ハクションで
　入れ歯跳《と》びだす
　　百歳の秋

▽
　百一歳！
　　何がおかしい
　　　一つ歳《とし》が増《ふ》えただけ

（終）

著者プロフィール

岡本 健資（おかもと たけし）

■略歴＝大正12年（1923）台湾・台北市生まれ。台北工業、早稲田大学を経て、昭和18年9月、海軍予備学生で学徒出陣、太平洋戦争に参加。海軍中尉。戦後、日刊工業新聞記者を経て、昭和25年、朝日新聞社に入社。同53年退社後、（株）アラモアナ設立。代表取締役。ハワイ風レストラン経営。現在、無職。101歳。（平成6年、心臓冠動脈手術で、身障1級となる）

■著書ほか＝昭和30年、小倉市文芸作品公募で、小説『赤い季節』が一席入選。
著書『鳳凰木の歌』（海鳥社）。掲載『私の昭和史』（文藝春秋）、『忘れえぬ人』（日本随筆家協会）。
『新聞社時代の松本清張』（文藝春秋・平成6年8月号掲載）ほか、
朝日新聞『ニッポン人脈記シリーズ（松本清張の昭和）』、
NHKテレビ『松本清張ドキュメント』（『或る小倉日記伝』、『点と線』など）に紹介される。

昭和のちぎれ雲

2025年4月15日　初版第1刷発行

著　者　岡本 健資
発行者　瓜谷 綱延
発行所　株式会社文芸社
〒160-0022　東京都新宿区新宿1－10－1
電話　03-5369-3060（代表）
03-5369-2299（販売）

印刷所　株式会社フクイン

ISBN978-4-286-26466-0　JASRAC 出 2500063－501